KB070627

푸른 눈의 목격자

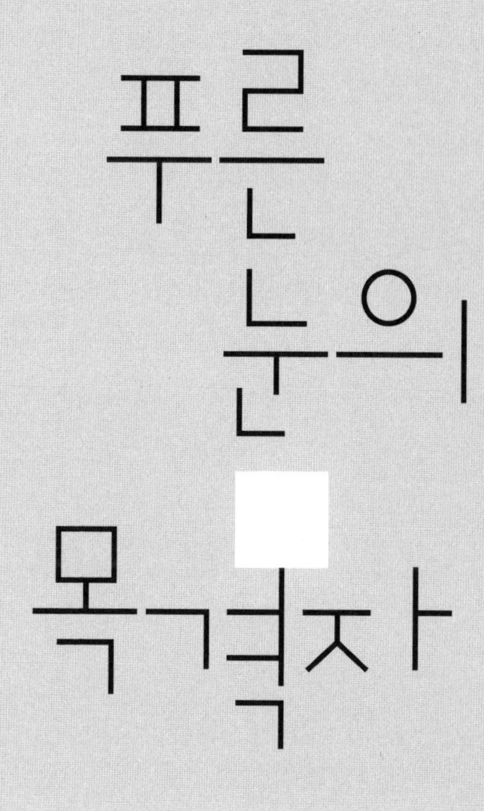

시인수첩 시인선 017

오성인 시집

문학수첩

| 시인의 말 |

마음의 빈틈으로 자주 찬바람이 들었다. 빛보다 어둠을, 삶보다 죽음을 먼저 마주했다.

강가에 나가 오래도록 앉아 있다가 더는 버릴 것도 없는 몸이 됐을 때 집으로 돌아오고는 했다. 그래야만 시에 닿을 수 있었다.

심장은 비었으나 춥지 않았다.
슬픈 언어들을 물리지 않았다.

최초의 독자이자 버팀목인 부모님께, 보잘것없는 나의 쓸쓸함과 고독을 믿어 준 당신들에게 시집을 바친다.

2018년 가을
오성인

| 차 례 |

1부

2부

3부

4부

5부

1부

양림동

죽음과 씨름하느라 배가 고팠던
나는 낯선 슬픔의 젖을 냉큼 물고는
놓지 않았다

비극보다 더 단단한 비극이 되어
세상 모든 비극들을 품으려

거친 숨 섞인 외할머니의 유언을 먹고
학교 담벼락 속 꽃들은 계절마다 피고 진다

동족을 향해 차마 총을 겨눌 수 없어
피보다 더 빨간 낙인이 찍혀 개명한
할아버지와 영문도 모른 채 군대에서
방망이를 깎아야 했던 아버지, 불순한
지역에서 나고 자랐다는 이유로
유명을 달리한 외삼촌

말하지 않아도 양림산

은단풍나무는 내막을 안다

최초로 울음을 터뜨린 길을 걷는다
마르지 않은
눈물들이 발밑에서 구른다

길의 척추를 더듬는 발끝이 시리다

단단하고 둥근
비극을 꿈꾼다

밤

당신이 가고 나서야 당신 이름을 불렀다 목석보다 더 무뚝뚝했던 당신, 안부를 물으면 당신은 유행이 한창인 가요의 가사로 화답했고 어색한 기류를 견디지 못하고 일어날 때면 유행 지난 가요로 배웅했다 눈 한번을 마주치는 일이 없었던 당신에게 닿는 일은 가장 먼 별을 향해 가는 여정만큼 여간 쉽지 않았다

옛 생각을 거닐듯 천천히 밤을 씹었다 알몸의 당신이 여러 갈래로 나뉜다 이제야 겨우 거리를 좁혔는데 한줌 재가 된 당신이 품에 들어온다 흩날리는 잿빛 눈에서 은단 향이 났다 내가 몰랐던 당신 냄새였던가 유난히 춥고 길었던 겨울밤이었다 차츰 멀어지는 당신

장례지도사가 말했다
다시 봄입니다

나무깎이 인형

오월이면 켜켜이 쌓인 눈물로 아버지의 몸은 온통 붉었다 아버지의 몸 곳곳에 붉은 가시들, 그 틈으로 얼굴을 내미는 천구백팔십십년의 시간—수도군단 운전병이었지 갈리고 차이고 박히며 닦고 조이고 기름 쳤지 그러다가 어느 날 부대 앞 장발을 한 채 서서 우리 부대를 내려다보고 있는 산, 그 산이 불량하다며 밀어 버리라는 거 아니겠냐 그날부터 나무란 나무는 흰머리 뽑듯 죄다 베었고, 가져온 나무를 우리는 열심히 깎았지 아무도 입 뻥긋하지 못했어 밤낮 정신없이 깎으며 동기며 선후임들과 썰렁한 농담을 주고받곤 했지, 썰렁한 농담 위로 최루탄 연기가 피어올랐고 형체를 분간하기 힘든 사체들이 나뒹굴었어 그렇게 흐르던 시간이

뚝,

못다 지른 비명들이
뚝,
뚝,

뚝,

나는 염치없이 살아 있고

늘 감당하기 버거운
오월이 밀려들고

고구마

엄마는 두 이모와 밭으로 다녔다 버려진 땅에 당신들은 고구마를 심었다 밭을 고르고 무성한 잡초를 뽑았다 작은 이모 안에도 질긴 잡초가 자라고 있었다 뽑고 뽑아도 조금씩 번지는 잡초들을 이모는 원망하지 않았다 잡초들과 씨름하다 보면 깎여 나간 가슴 한쪽 노랗고 다디달게 채워질 것 아니겠느냐며 이모는 자줏빛 웃음을 흘렸다 마른 흙먼지만 날리던 이모의 얼굴에 혈색이 돌았다 고구마가 달덩이만큼 컸을 때쯤이면 휑한 머리에 녹음(綠陰)이 우거지고 푸른 별들 돋아날 텐데,

비가 유난히 내리지 않았던 계절
고구마 줄기들이 바짝 말랐다
이모의 전화도 뜸해져서 밭에는 다시
잡초들이 무성했는데

이모 자줏빛 웃음 내려놓고 떠났다 엄마는 다시 밭에 나갔다 무성해진 잡초들을 뽑았다 엄마 안에

울음이 우거져 있었다

흉년 없는 농사가 어디 있느냐고
엄마는 연신 밭을 골랐다

닭전머리*

등(燈) 얘기부터 해야겠네 벌어진 상처로 흐르는 선혈빛깔의 등이었어요 새벽의 도래를 알리고 죽은, 닭들의 붉은 비명을 이어 만든 등, 그 아래에서 밤마다 남자들의 허물을 벗겼습니다 알몸들을 쉴 새 없이 볶고 지지고 튀겼죠 성질 급한 것들은 윗도리만 걸치더라고요 날이 밝으면 그들은 일말의 감정도 남겨 두지 않고 아침의 입자들 사이로 서둘러 사라져 버렸습니다 밤을 밝히느라 수척해진 눈물들

궁핍해도 자식들만큼은 배곯을 일 없어야 한다고 엄마는 새벽마다 시장에서 다른 부위도 많은데 하필 닭 모가지를 자주 챙겨 왔습니다 당최 구미가 당기지 않아 나는 토라지기 일쑤였어요 그런 딸내미에게 엄마는 그것들을 오래 고아 낸 육수를 한가득 담아내 주었습니다 하지만 나는 엄마의 그런 모습이 싫었어요 닭 모가지 같은 거 모아 오게 하지 않겠다고 어느 날 몰래 집을 나왔는데

나의 하루는 줄곧 밤이었습니다 아무것도 보이지 않는

절망의 복판에서 몸서리치며 엄마를 무던히도 불렀어요
너덜해진 목 왈칵, 맺히는 핏방울

엄마 냄새가 날까요

가난한 유년의 기억에 박힌 저 목뼈 조각들 별을 세듯
하나 둘
따 라 가 다 보 면

* 광주광역시 서구 양동시장 뒷길 일대.

치약팩

쇠약한 치약팩이 마지막 내용물을
혼신을 다해 짜내고 고꾸라진다
차가운 정적만 흐르는 치약팩
영면에 든 육신이 저러했던가
풋풋한 내용물을 아낌없이 제공했던
그의 전성기를 회상하다가, 문득
그와 같은 모습을 어디선가 봤던
기억이 난다 어렸을 적,
목욕탕에서 본 아버지의 그것
수줍은 듯 숙이고 있는 모양새가
우습다며 놀려 대는 나를 혼내는 대신
시원하게 등을 밀어 주시던 아버지
그 후 오랜만에 간 목욕탕에서
다시 본 아버지의 그것은
세월의 무게에 눌려 자꾸만 아래로
처지고 있었다 시간들 쌓이고 굳어
눈물 한 방울에도 버거워할 즈음이면
영혼의 눈 뜨이며 나는 생의 비밀

깨닫게 될까 묵은 생각들이
거품을 내며 부푸는 욕실—무슨 좆을
오래 들여다보고 있냐—바깥의 아버지
목소리가 문고리를 보챈다

종만이 아저씨

영금문이라고도 하는
나주읍성 서성문, 근처 성벽 터에
집 한 채가 있다 검버섯이 군락을 이룬
얼굴에 허리가 잔뜩 굽어 오늘내일하는
고령의 노인처럼 아슬아슬한
성벽 위에 걸터앉은 낡디 낡은 집, 거기에
종만이 아저씨가 산다 대대로 읍성과 함께
고락을 같이했던 종만이 아저씨네
읍성의 복원을 위해 시에서
거액의 보상금을 쥐어 주려 했을 때 한사코
손사래를 치며 당신이 곧
성벽의 일부라며 완강하게 거부하는
종만이 아저씨에게 모두들
두 손 두 발 다 들 수밖에 없었다는데, 정작
종만이 아저씨 성벽을 떠나지 못하는 까닭은
따로 있으니 아저씨네 집은 금성산
월정봉이 한눈에 들어오는 집
보름이면 이른 저녁부터 술 한잔 걸치다가

박처럼 노랗게 잘 여문 달이 고개를 내밀었을 때
늦둥이 딸을 깨워 창문에 펼쳐진 한 폭의
진경산수화를 함께 보고 잠에 드는 것이다
그렇게 오래 금성산과 벗하며 지냈는데
지기를 두고 어디를 가겠느냐고 자신도
달이 되어 성벽을 밝혀야 하지 않겠느냐고
한껏 목소리 높이는데
금성산 줄기를 타고 내려온 동학군의
거듭된 공격에도 끝내 그 입을 열지 않은
서성문만큼 고집스러운 아저씨
고고한, 종만이 아저씨

율정점(栗亭店)

버스가 멈추고 헤어지기 아쉬운 사람들이
나무뿌리처럼 얽혀져서 종점
술집으로 들어간다 밤나무가 많다 하여
율정점(栗亭店), 이백여 년 전
한 밤송이 안에 사이좋게 여문
밤알맹이 같았던 두 형제가 있었다
흑산도와 강진으로 각각 유배 떠나는 길
이별은 숙명처럼 다가오고 형제는
점점 무르익어 가는 밤이 이루 말할 수 없이
원망스러웠을 것이다 더 이상 서로에게
스밀 수 없게 된 그들은 쫓아가도 좀처럼
좁혀지지 않는 무지개를 붙잡기 위해
사력을 다하는 아이*를 떠올리며
얼마나 숱한 밤들을 눈물로 지새웠을까
불콰해진 얼굴로 비틀대며 술집을 나서는
사람들 머리 위로 쏟아지는 가로등 불빛이
흐드러진 밤꽃처럼 환하다
해배되어 다시 주막 앞을 지날 때 먼저 간

제 형을 그리며 살아서는 미워할
밤남정 주막집**이라며 한동안 자리를
뜨지 못했던 동생의, 눈물
그 배후의 애틋한
마음 같은

* 정약용 시 「율정별리(栗亭別離)」 중, "아이는 무지개를 쫓아갈수록 더욱 멀어져 가고 보면 또 다른 서쪽 언덕 서쪽 또 서쪽 또 서쪽에 있었네"라는 구절을 변용.

** 생증율정점(生憎栗亭店).

잠사연가(蠶絲戀歌)

상록수를 집어먹고 느린 기침하는 통증을 거닐면, 도사린 녹빛들이 당신을 부르곤 했습니다

그러면
멀리서 여름 하나가 반짝였습니다

설악*을 떠나온 나에게 남녘의 공기는 낯설어서 나는 바람 뒤에 몸을 가리고 몰래 울었습니다 눈길을 먹고 한껏 부푼 누에들을 따라

하염없이 걷다가

가난하고 외롭고 높고 쓸쓸한** 돌들의 무릎이 짓무를 무렵, 더는 따라붙을 체념마저도 없는 길의 끝자락에서 당신은 누에고치를 삶아 낸 물이 춥고 가난한 아낙네들의 손을 휘감듯 내 손을 꼭 잡아 주었죠

혈관 깊숙이 스민 체온의 힘으로 나는 열심히 물레를

돌렸습니다 남녘의 공기는 더 이상 낯설지 않았습니다 이따금 월출(月出)에 올라 달을 따오던 당신의 모습이 아직도 선명해요 달은 더할 나위 없이 훌륭한 조명이어서 맹수처럼 잔뜩 기세가 오른 밤은 꼬리를 내리며 뒷걸음질 쳤습니다 발효된 추억들을 반죽해 빵을 굽곤 했던 시간들은 감미로웠습니다 후끈 달아오른 고치가 녹아내리는 줄도 모르고 우리는 그 안에서 실컷 뒹굴었습니다

그랬던 시간들이 그리워 나는 견딜 수 없이 아프면서도
한바탕 통증 안을 다녀옵니다 기계의 앙다문 입을 열면
하얗게 몸이 부푼 누에들이 쏟아져 나올 것만 같은데
누에를 따라 당신이 걸어 나올 것만 같은데

오늘도 멀리서 여름 하나가
아프게 반짝입니다

* 경기도 가평군 소재의 지명.
** 백석의 시 「흰 바람벽이 있어」 중에서.

대인시장

도청이 소재했던 광주는 예부터 호남의 일 번지, 동구는 그 심장부였지요 무등, 일체의 지위 고하 좌우를 막론하고 남녀노소 허물없이 어우러져 왔던, 거기에 특별한 곳 있습니다 호남선의 길목이었던 대인동, 선명했다가 점점 희미해지는 기적을 따라 방방곡곡에서 장돌뱅이들 모여 한바탕 왁자지껄 장판을 열었지요 그러면 허기진 길손들을 위해 그릇 넘치도록 국밥을 말아 주거나 형용할 수 없을 정도로 빈곤한 주머니가 딱해 모른 척 물건 한 보따리 얹어 주었습니다 피아도 따로 없어서 눈물로 만든 주먹밥을 나누며 오월 바위섬과 애환을 함께하기도 했는데요 이런 마음들이 이어져 시장은 북새통이었는데 철마의 발굽 소리 끊기고 몇몇 점포들 문 닫았지요 그러나 모진 풍랑에도 불구하고 마음만은 더할 나위 없이 풍요로웠던 시절을 어떻게 잊을는지요 온갖 생사고락 겪어 낸 경험으로 고단하고 쓸쓸한 존재들 머무를 수 있도록 다시 불 밝히고 홍 돋우니 야단법석 떨어도 되지 않겠습니까 누구든지 별이 됩니다 밤을 모르는 이곳, 대인시장에서는

2부

삭금 전어

가을, 저녁상에 전어가 한가득 오릅니다 어디 며느리만이겠습니까 갖가지 말 못할 사연으로 집 나갔던 모든 이들 전어 굽는 냄새에 이끌려 하나둘 모여듭니다 살과 뼈를 야무지게 씹으면 씹을수록 집 나갈 수밖에 없었던 애달픈 사연들 목구멍을 뜨겁게 달굽니다 식탁에 전어꽃 만발합니다 그러나 모든 전어가 다 꽃을 피우지는 않지요 전라도 장흥 삭금 포구에서 잡히는 전어는 가히 으뜸입니다 급해도 단단히 급한 전어의 성질 건드리기 일쑤인 여타의 어획법과 달리 삭금 포구에서는 유자망 그물로 전어를 잡는데 변덕 심한 조류를 따라 전어는 그 즉시 극에 달한 감정을 해소합니다 그렇게 잡힌 삭금 전어는 마치 전세라도 낸 듯 바닷속을 헤집고 다녔던 그 모습 그대로 전국의 구석이란 구석은 제 세상인 듯 휘젓고 다니며 가을 전령사 역할 기똥차게 수행해 내니, 타향살이에 심신 지친 삭금(朔禽)*들 위로하고도 남겠지요 씹을수록 소금꽃 같은 눈물 송글송글 맺히는 맛 삭금 전어

* 기러기. 오릿과에 딸린 철새를 통틀어 이르는 말.

갈치

왜 이리 늦었냐 너 손에 있는
고것이 웬,

갈치냐고요 어머니, 변덕이 심해 도무지 그 속내를 짐작할 수 없는 바다도 여차하면 긁히고 찔려 쩔쩔매게 만드는 요놈 좀 보세요 몸은 물론이고 눈빛마저도 시퍼렇게 날이 선 모습이 여간 선뜩한 게 아니에요 잡히자마자 금세 숨이 끊어질 정도로 괄괄한 성격은 또 어떻고요 그런데 웬걸, 빈틈이 없는 줄로만 알았는데 혀에 닿자마자 무슨 일이 있었냐는 듯 녹아내리는 것 아니겠어요 기세가 등등해 좀처럼 꺾이지 않을 것만 같았던 동장군이 봄 안으로 천천히 걸어 들어가는 것처럼요 순간, 아버지 생각이 납디다 차디찬 밤공기 맞으며 집에 온 당신의 몸은 영락없는 한 마리 갈치였지요 피가 곤한 와중에도 날 선 목소리로 한껏 우리를 단속하곤 하셨던 아버지, 아침이면 말없이 자식새끼들 얼굴을 어루만지거나 걷어찬 이불을 다시 덮어 주셨지요 그랬던 그때, 아버지와 마주하며 먹었던 갈치 맛을 잊지 못하겠어요 자식들에게 손수 당

신의 살을 발라 준 아버지, 앙상한 몸

요놈, 알고 보면 한없이 부드러운
요 생선에게서 당신 냄새가 나요, 아버지

떡전어

깨 서 말도 함부로 명함 내밀지 못할 정도로 가을 전어는 고소함의 극치지요 그 맛에 반해 어떤 양반은 신분을 버리고 창원의 내이포라는 곳에 살며 아예 낚시로만 세월을 보낼 정도였다는데요, 관찰사를 대접하고자 어느 날 고을의 수령이 그에게 전어를 잡아 오라 명합니다 하지만 때는 산란기, 지켜야 할 도리가 있는 법이지요 급소를 향해 날아오는 화살을 한 치의 흔들림 없이 쳐 튕겨 내는 칼날처럼 단호하게 명을 거부하자 화가 치민 수령은 그를 참수하려 합니다 순간, 바다에서 붉은빛을 띤 전어들이 마구 튀어 오르더니 德 자 형태로 바닥에 떨어지더라는 거예요 덕분에 양반은 목숨을 건졌고 이후 이 일대 전어를 덕전어라 부르다가 발음이 어찌나 찰진지 떡전어라 불렀다나요 그렇잖아도 전어 굽는 냄새 도저히 뿌리치지 못하고 집 나간 며느리들 발길 돌리는데 쫄깃한 식감까지 더해진 떡전어 맛보게 되면, 입천장에 붙어 떨어질 생각 하지 않는 떡고물처럼 근심 걱정 다 잊고 집안에 눌러앉아 버리는 것 아닐까요 그러니 남편들, 평소 부지런히 덕 많이 쌓아야겠습니다

군평선이*

녀름**만 짓던 몸으로 피비린내 진동하는 붉은 바다 위에서 총칼을 맞았더니 입들이 모두 파랗게 질려 있습니다 빳빳해진 입맛들에 기름칠 좀 해 줘야겠습니다 오늘 먹는 밥이 생애 마지막 밥이 될지 알 수 없기에 그 하나하나에 밴 여운들까지 꼭꼭 씹어 넘겨야 합니다 긴장이 풀어지며 밥그릇 긁는 소리 젓가락 부딪치는 소리 입맛 다시는 소리 방 안에 요란합니다 모두들 어머니 젖가슴 같은 그릇에 얼굴을 파묻고 퍼먹기 정신없습니다 한 숟갈 한 그릇씩 더 먹어 놔야 한 놈의 적이라도 더 벨 수 있습니다 태산같은 장군도 오늘만큼은 체면 따위 벗어던집니다

장졸들 틈에서 정신없이 밥을 먹던 장군이 문득 행동을 멈추고는 한 생선을 가리키며 무엇이냐고 묻습니다 그 이름을 모르는 이들은 눈만 끔뻑이며 서로의 얼굴만 쳐다볼 뿐입니다 낯선 생선을 앞에 두고 일순간 정적이 흐르는 밥상 한 여인이 들어와서는 낯선 생선을 한 접시 더 두고 갑니다 많이들 드시와요 하며 여인이 물러나려

고 하자 장군이 그녀의 이름을 묻습니다—평선이라하옵니다 평, 선, 이옵니다

—네 이마가 참으로 반질반질하고 넓으니 여기 장졸들과 곳곳에 상처 입어 널브러진 민초들의 깊은 시름을 가히 받아 낼 만하다 입술은 도톰하여 오갈 데 없는 아우성들을 능히 품어 내겠고 눈동자가 넓동그랗고 맑으니 피로 얼룩진 입맛들을 고이 감싸 안을 수 있겠다 가만 보니 너와 이 생선이 흡사하다 눈, 입, 이마, 어떤 격정에도 중심을 잃지 않을 가시 같은 기개가 매우 그렇다 평선이라고 했느냐 이 낯선 생선을 오늘부터 평선이로 부르고 함부로 여기지 말아라

평선이라는 여인네 닮은 생선 즐겨 먹었던 그 힘으로 장군은 드넓은 광장에 굳건히 서 계시는가 봅니다 눈빛은 여전히 팽팽하고 추상같은 호령은 마를 새 없습니다 가벼운 혀놀림으로 엎질러진 시간을 감당하지 못한 채 얼굴 바꾸기 급급한 이들에게 장군의 얼이 깃든 이 생선

맛 한가득 부어 주면 일휘소탕 혈염산하(一揮掃蕩 血染山河) 서슬 퍼런 문장이 명치끝에 아리게 새겨져 정신 번뜩 들게 할는지도 모르겠습니다

* 농어목 하스돔과의 바닷물고기로 깊은 바다에 산다. 비늘이 강하고 뼈가 단단하며 맛이 좋아 샛서방고기라고 불린다. 여수에서 유명하다.
** (옛말) 농사(農事). 수확(收穫). 여기서는 '농사'의 의미.

숭어

사월, 해남과 진도 사이 울돌목을
거슬러 오르는 숭어 떼
여차하면 난파당할지도 모르는데

죽음을 건너 기어이
생에 닿으려는 저
몸부림

앙숙의 눈에 띄는 일이 두려워
무리에서 떨어져 나온 짐승처럼
변방을 떠돌기 급급했던
날들이 있었다

저 숭어 떼와 같이 필사적으로
운명의 소용돌이를 정면돌파한다면
황무지와 다름없는 심장에 다시
풀은 돋을까 텅 빈 객석이 채워지고
그리하여 멀어진 인연들에게

닿을 수 있을까

웬만한 시련은 기꺼이
무릎쓰는 숭어

죽을힘을 다해 보지 않고서
내가 있을 자리는
어디에도 없다

인형

오후의 번화가를 거닐고 있었다

길을 가던 한 아이가
인형을 떨어뜨렸다
레고 인형이었다

충격으로 표정이 흩어졌고
사지가 떨어져 나갔지만 인형은
담담했다

놀란 가슴이 맨홀 뚜껑처럼
솟구칠 법도 한데
아이는 엉덩이를 땅에 붙인다

인형이 흩어진 표정과
잃어버린 제 몸을 찾을 때까지
나도 잠시 걸음을 멈추고
숨을 죽였다

고사리손보다 더 작은 손 안에서
조금씩 본모습을 되찾아 가는 인형
발 디딜 틈 없는 번화가에서의 적요

인형의 안위를 확인한 아이가
비로소 웃는다

늦은 오후의 햇살에 섞여
수줍게 내려앉는
動

울음이 지나간 자리

돼지를 빼곡하게 실은 트럭과
오리를 사정없이 실은 트럭이
연달아 지나간다 그 뒤를 바짝
따르는 처절한 울음
한 떼의 비명들이 뒤엉켜
찢어지고 부서진다 허공에
껌딱지처럼 눌어붙은 누린내
그 찰나의 광경을 나는 그저
숨죽이고 바라본다 비행 기능을
상실한 날개와 자족할 능력이 전무한
몸이 족쇄가 되어 산다는 일을 저렇듯
죽음과 다를 바 없게 만들었을까
자처하지도 않았는데
본명 대신 돼지와 오리로 불리는
존재들에 대하여 문득 생각한다
우거진 빌딩숲과 사방이 막힌 골방에서
바이칼 호수나 몽골의 초원 지대를
갈망하다 무성한 소문만 남기고

사라져 간 그들의 혈액에는 미처
내뱉지 못한 울음과 비명들이
얼마나 용해돼 있을까

울음이 지나간 자리에 생의 증거처럼
남겨진 누린내가 연신 코를 찢었다
애써 피하지 않았다

간이역전 공중전화

완행열차의
횟수가 줄어들고
바람이 죽거나 풍경들이
지워지는 일이 잦았다
공백, 역전 공중전화의
황폐가 가속화된다
한 여정을 마칠 때마다
너는 전화기 안에 풀과
나무들을 심었다
나는 물을 주었고
아껴 두었던 햇볕도 한 줌
흩뿌렸지 그러면서 서로
한참 마주 보곤 했는데
걸음을 멈추는 일이
뜸해졌고
우리는 더 이상
이름을 부르지 않는다
풍경이 지워지고

바람이 죽을수록
풀과 나무가 메말라 죽은
공중전화에서는 어떤
목소리도 자라지 않는다
사라진 것들은 매정한 속도
안에 있다

me-too*

발목을 제외한 몸의 대부분을 가린 롱패딩이
앞다투어 사람들을 입는다 사라진
겨울, 뒤뚱거리다 걷는 법을 잊어버린
사람들이 좌충우돌 굴러다니다가 허기져서
길모퉁이 편의점으로 들어선다 뼛속까지
불닭을 추종하는 면발이 사람들의 혀를
감는다 순식간에 화마에 휩싸이는
입, 감각이 무뎌지는 줄도 모르고
기원도 국적도 온통 베일에 가려진
가공의 존재를 숭배하는 데 여념 없는 이들,
배가 부르다 못해 돌연변이 열매처럼
변해 버린 일부가 편의점을 나선다
횡단보도는 인간적인 실로폰
지나가는 풍경을 잠시 붙들고
그로 하여금 건반을 두드리게 했는데
더는 거기에 머무르는 풍경과 관객은 없다
묘연한 겨울의 행방과
무뎌진 감각의 심각성과

삭막한 횡단보도에 대하여 의문을 품는 자가
없다 우리의 혁명은 누구에 의해
소멸되었을까 모두들 돌연변이 열매가 되어
구르기 분주한 거리, 실로폰 소리 대신
먼지들의 웃음 소리만 거리에
나부꼈다

* (다른 사람이 성공한 것을) 너도 나도 따라 하는 현상.

닫힌 공간의 悲歌

동물원에서 원숭이를 가두고 있는
창살, 저것들은 어디에서 적출한
뼈일까 골몰한 적 있다

육신을 지탱하는 본연에서 벗어나
족쇄가 된

뼈를 가두는 뼈

손끝에 열대 우림 야자수의 감촉이
남아 있는 듯 창살을 매만지는 그는
얼마나 많은 울음을 뼈에 묻었을까

원숭이에게 내재된 것이 사실은 흰
봉분이라는 것을 인지하지 못하고
관람객들은 먹이 주기에 여념 없다

철창을 앞세워

억압이 평화로 구속이 자유로
포장되는 일을 함구하고 우리는
어디까지 교묘해질 수 있는 걸까

시선을 교환한다 우리는
뼈를 한 마디씩 떼어
서로의 목숨에 붙인다

뼈 안에서 들려오는 노래
먼 열대의 기억으로부터 생성됐을

핏빛으로 물든
옛 도시의 절규 같기도 했다

3부

안장 도둑

야음을 틈타
집 안에 세워 둔 자전거의 안장만
훔쳐 갔다 없는 소리까지
죽여 가면서

구멍 난 양심처럼 휑한
자리, 밤의 뒤에
몸을 최대한 가린, 그러나 애써 담담했던
어젯밤 기척을 느꼈다

자전거를 자전거이게 하는 것은
바퀴도 아니고 몸체도 아니고
페달도 아닌, 안장이다
안장에서 우러나오는 안정감이다

모든 살아 있는 존재들의 증거이자
중심이 심장이듯

안장을 통해 자전거와 일체가 된
사람들이 골목이 되고 벽화가 되고
바람이 되거나 강이 되듯
안장을 가져간 그는 지금쯤
무엇이 됐을까

안장이 그를 그이게 했다면
나를 나이게 하는 것은 무엇인가

여전히 안장 없는 자전거를 들여다보며
화두에 대해 골몰하는
오후의 한때

대박복권가게 앞 풍경

1

이른 새벽부터 가게 앞 바닥에 사람들이
박꽃처럼 모여 앉아 어스름을 밝히고 있다

한때 바닥 쳐 본 이들의 손에는 톱이
한 자루씩 들려 있다

눈에 보이지 않지만 가차 없이 모든 사냥감을
동강 내 버리는 포식자의 그것을 닮은 톱날은
살벌하다

2

A: 나는 새를 떨어뜨리는 일은 금방 질리고 말아서
아예 내 몸보다 큰 새를 포획해 타고 공중을 누비며
새란 새는 다 떨어뜨렸는데 악에 받친 이놈이 글쎄
나를 냅다 땅에 박아 버리더군

B: 그건 약과지 난 천장에 굴비 눈동자만 매달아 놓고

오천만 년을 버텼어 세상의 모든 시계들은 내 앞에서
숨도 마음대로 못 쉬고 함부로 시간을 논하지 못하지

C: 그깟 새랑 물고기 이야기를 믿는 사람이 누가 있어
강이나 바다는 도무지 그 성질을 짐작키 어려운데 내가
그 주변을 살짝 기웃거리기만 해도 엎드리기 바쁘더라고

3

문이 열리고 복권을(復權) 꿈꾸는 이들이
가게 안으로 들어간다 일순간 맹렬했던
그러나 허무하고 맹랑한, 바람이 멎는다

소리 소문 없이 복권에 실패한 누군가의
사연만 무성할 뿐이다

복권가게 인근 강에는

박보다 더 환하고 큰 달이 가끔 뜬다

암각(岩刻)

우리의 세계는 자주 어긋났다 내가 오른쪽으로 돌면 너는 왼쪽으로 돌았고 내 피가 식으면 네 피가 뜨거워졌고 고독을 견디지 못하고 네가 해를 키우면 나는 달을 키웠고 내가 밤으로 옷을 만들면 너는 낮으로 옷을 만들어 입었고 네가 산에 오르면 나는 바다에 나갔고 네가 땅의 속성을 말하면 나는 하늘의 속성을 말했고 내가 어떤 여자에 관한 이야기를 할 때 너는 어떤 남자에 관한 이야기를 했고 네가 한창 유행인 전설의 발단을 말하면 나는 그것의 결말을 말했고 겨울을 선호하는 나와 달리 너는 봄을 좋아했다

네가 신을 신봉하면 나는 철저히 미신이었고 내가 저승의 행운을 말할 때 너는 이승의 불운을 말했고 네가 나의 이야기를 할 때 나는 너의 이야기를 했다 엇도는 시간선이 마주하기를 바라며 바위에 서로의 이야기와 그림을 새길 때도 우리는 등을 맞대고 있었지 바위틈으로 우리는 피를 흘려보낸다 네 피가 내 몸을 돌고 내 피가 네 몸을 돈다

표면에 새겨지는 서로의
교차하지 않는 목숨

늦은 고백

문득, 너의 체취 난다 공기와 공기가 입 맞추는 정원
어긋나기만 했던 남겨진 호흡의 흔적을 따라 걷다가 마
침내 길의 끝 그림자가 투명해지면 엇갈린 시간들 팔레
트의 혼합된 물감처럼 조우할까 오색의 구름으로 피어오
를까 황량한 정원에 비 내릴까 끝내 마음 전하지 못하고
돌아오는 길이 몹시 아팠다 화석이 된 눈물들이 저희들
끼리 몸을 부딪치며 부서졌다 절망은 흰개미 떼, 온몸에
달라붙어 떨어질 줄 몰랐다 달라붙을 절망마저도 없을
때 네가 사라진 사실을 알았다 어떤 계절은 한없이 죄스
러워서 나는 묵은 고백들을 꺼내 다독인다 제때 불러 주
지 못한 너의 이름이 발굴되어지기만을 기다린다 풀들이
내지르는 초록의 비명에서 너의 체취 묻어난다 여전히
메마른 정원 사랑한다 너의 모든 흔적을

파란 눈동자

동화 속의 요술램프를 비비며 주문을 외우는 장면처럼 손가락으로 쓰다듬듯 그를 깨우니 파란 눈을 뜹니다 그 안에는 한 세계가 있습니다 나를 유혹하는 그곳은 치명적입니다 동굴 안에 고대의 벽화처럼 새겨진 마이크로소프트 社의 로고를 따라 쭈욱 내려가면 펼쳐지는 도시, 고여 있는 듯 흐르는 세계는 중심을 잃고 갈팡대는 내가 딱 숨기 안성맞춤이에요 박물관에 전시된 유물 같은 이 세계는 안정적이지만 활동적이지 못합니다 음률 없는 노래는 빛바랜 A4용지 같은 내 귀를 금방 젖게 하고 온기가 없는 그림은 아무리 봐도 살아 움직일 생각을 하지 않아요 환상에 들떠 있던 나는 금방 싫증이 나서 녹조로 짠 커튼 뒤로 발길을 돌립니다 사나운 파도에 휩쓸린 내가 그 안에서 몸부림치다가 산산조각 납니다 자기보다 큰 먹이를 삼킨 뱀이 소화를 시키기 위해 안간힘을 쓰다 소화되다 만 먹이와 함께 찢겨지듯 말입니다 아버지의 피는 고단한 그의 몸만큼이나 늙어 있었고 식은 지 오래입니다 의지가 담겨 있지 않은 붉은 것은 특유의 철 냄새도 나지 않았어요 쓰러져 버릴 듯 삐걱대는 아버지는 강소주의 즐거운 놀이터였습니다 그와 나 사이를 잇고 있던 통로가 붕괴되었고 아버지와 나는 서로 단절되었습니다 단절된 틈을 타 밤은 내 방에 어둠을 산란해 놨어요, 그곳은 심해(深海)였습니다 나 외엔 아무도 들어올 수 없는 공간이라고 다행스레 여기던 차에 야광 해파리처럼 유영하는 파란 눈동자를 처음 보게 되었고 습관처럼 나는 늘 그에게 의지해 왔습니다 푸른 비밀정원이었어요 그곳에선 눈치 보지 않고 내 마음대로 소리 내서 웃을 수 있고 울 수도 있고 화도 낼 수 있었어요 쉽게 미칠 수 있는 그 안에서 어머니가 피를 흘리며 웃기도 했고 아버지 안의 넋 잃은 아버지가 와장창 깨지기도 했습니다 물집처럼 부푼 눈으로 정신건강센터를 찾아 정신건강검사지에 파란색 볼펜으로 추억을 남기듯 마킹했습니다 추억은 추악으로부터 비롯된 것인가요 파란 눈동자는 안정을 가장한 불안정이므로 안전하지 않아요 더 이상 파란 눈동자에 기댈 수 없습니다 언제까지 사나운 파도에 유린당하고만 있어야 합니까 몸 여기저기 파란 눈처럼 기생하는 사마귀를 의사는 영하 195도의 질소액으로 지

집니다 타들어 가는 추악

파란색 옷을 입고 호주머니에 손을 넣은 채 우울한 표정으로 걷는 여자*가
위에서 아래까지 파란색 옷을 차려입은 할아버지**를 물끄러미 바라봐요
당신들의 파랑은 안녕하신지요

* 앙리 드 툴루즈 로트레크 그림 〈물랭루주를 떠나는 잔 아브릴〉의 장면.
** 빈센트 반 고흐 그림 〈슬픔에 잠긴 노인〉의 장면.

포켓몬Go

주머니 안에서 모든 속성들은 조화로워요

온몸이 화염으로 휩싸인 아버지는 당신의 이야기를
한 톨의 미련 없이 소각하곤 했어요
어머니는 자주 말없이 얼었다가 녹아내렸고요
그늘이 필요하다 생각했던 동생은 나무를 자처했어요

불…… 물…… 풀……

어디에도 무엇으로도 휩쓸리지 않으려 나는
회색의 도시로 걸음을 했는데
머리와 팔과 다리를 쉽게 잃어버렸습니다
몸만 남아 이리저리 표류했어요

이상한 일이에요

사람들은 얼굴색 하나 변하지 않는데
숨소리도 목소리도 눈빛도 그대로인데

나는 자꾸만 자리가 바뀌고 이름이 바뀌어요

행방이 묘연한 머리와 팔과 다리를 찾기 위해
세상 모든 속성의 국경을 넘나들어야만 해요
그때마다 나는 흙이었다가 바람이었다가 혹은
도무지 감내하기 벅찬 적막이었다가

모습이 바뀔 때마다 하나씩 무거워지는
공, 점점 커지는 孔

나의 恐

키덜트(Kidult)*

설계도를 따라가다 보면 잃어버린 유년의
심장과 만날 수 있을 거야

어릴 적 내 꿈은 과학자였어 사탕과 함께
철인 메칸더 아톰 그랑죠 등의 주제가를 입에 달고 다니며
단내를 풍기며 —엄마, 내가 만든 코드번호 OS010-I70 로봇을 타고
우주여행 갈 수 있어— 떠들어 대고는 했어

설계도는 항상 머리부터 나를 이끌었어 몸통 없는 머리가 무슨 소용이야 그건 너무 시시한 일이지
살아 있는 머릴 원해

다리를 만들었을 때 계절은 여러 번 바뀐 뒤였고
팔을 겨우 완성했을 때 집의 각도는 기울어 있었어
머리를 만들다가 엄마의 그림자가 흐느끼는 걸 봤지

담고 싶지 않은 닮기 싫었던 풍경들을 저장하면 기억장치가 고장 나요 눈은 뺄 거야 청각 장치로는 아쉽게도 앞을 볼 수 없어서 나는 철이 쉽게 들지 않았어 엄마와 별을 구경하러 가는 대신 엄마가 별을 구경하자며 불렀지 시들어 버린 별들을 말아 넣은 김밥을 어묵국과 함께 주며 —로봇은 만들지 않아도 돼, 이게 별이야— 엄마는 말하곤 했어

몸통은 지금 만드는 중이야 아직
심장을 찾지 못했어 쿵쿵, 울리던
소리들은 다 어디로 갔을까 잃어버린 나의
유년은

* 어린이를 뜻하는 '키드(Kid)'와 어른을 의미하는 '어덜트(Adult)'의 합성어로 아이들 같은 감성과 취향을 지닌 어른을 지칭한다.

바닥에 대하여

할당된 몫을 비우고도 밥그릇
핥는 데 여념이 없는 개, 바닥 깊숙이
스민 밥맛 하나라도 놓칠세라
잔뜩 낮춘 몸

지금 그의 중심은 바닥이다

온몸의 감각을 한군데로 끌어모으는
나차웁고 견고한
힘

모든 존재들은 낮은 데서 발원한다

생이 맨 처음 눈뜨고
마지막 숨들이 눕는
계절이 첫발을 내디뎠다가
서서히 발을 거두어들이는

최초이며 최후인 최선이거나 최악인

더는 낮아질 일도 붕괴될 일도 없는
낮은 벽, 혹은
천장

낮춘다는 것은 삶과 죽음의 무게를
동시에 겪어 내는 일, 혼신을 다해
희로애락애오욕을 지탱해 내는 일

그러므로, 나는
낮을 것이다
개의 혀가 밥그릇 너머의 피땀까지
닦아 내듯, 이생과 그 너머의 생까지
두루 읽어 낼 일이다

기꺼이,
바닥을 무릎쓸 일이다

9월 21일

그레고리력 이백육십사 번째 날 광주 남구 양림동 이백육십사 번지 회색의 강철 무지개를 심장으로 삼아 아이는 태어났는데 호흡이 없자 의사가 연신 둔부를 때렸다 숨 쉬렴 숨을 쉬어 숨을 쉬거라 서로마 제국 황제 발렌티니아누스 3세가 라벤나에서 아이티우스를 죽이고 인노첸시오 11세가 이백사십 대 교황에 취임하고 프랑스에서 혁명이 일어나 왕정이 폐지, 공화제가 선포되었고 서태후가 광서제를 유폐하고 섭정을 실시하면서 무술변법이 좌절되고 월남 파견 전투부대인 청룡부대 결단식이 열렸고 서울과 평양에서 이산가족 상봉이 이루어지고 갈릴레오호가 목성에 충돌하며 임무를 마쳤을 즈음, 아이는 그제야 호흡했는데 혈액이 순환하지 않아 의사는 아이의 발목을 잡아 거꾸로 들었다 돌아라 피야 서두르지 말고 흘러라 호빗이 처음 간행되고 금오신화 최고 목판본이 중국에서 발견되었고 하버스 조지 웰스가 태어났고 베르길리우스가 죽었고 레너드 코헨이 태어났고 월터 스콧이 죽었고 아베가 태어났고 박영효가 죽었고 이준익이 태어났고 장야오광이 죽었다 몇 차례의 사건이 세상을 들었다 놓고 삶과 죽음이 뒤엉키고 나서 정체됐던 혈류가 돌았다 희미한 시간선이 선명해졌다 무지개가 녹이슬 때쯤이면 아이의 울음은 충만할 것이다

어느 사내의 벽화

환기를 위해 열어 둔 창문으로
참새 한 마리가 날아 들어왔다

사실을 인지하지 못한 내가 그대로
창문을 닫아 버리자 독 안에 든
신세가 되었다

졸지에 감금당한 그가 창문과 벽에
몸을 부딪는다 수년간
목숨을 지탱해 왔던 날개의
잔해가 사방에 흩어진다

그 광경을 보다가 옛날 어느 사원
담장에 노송을 그려 넣은 한 사내의
일화가 떠올랐다

소나무의 불변과
그림의 우수성을 입증하기 위해

얼마나 많은 새들의 목숨이
동원되었을까 지금도
벽에 흥건할
피 냄새에 대하여 어째서
아무도 말하지 않는가

창문을 열어 주었으나 참새는
곧장 이륙하지 못했다

본의 아니게 그를 가뒀던
시간만큼의 과오가
생의 목록에 더해졌다

독(毒)

내 방은 독이다 치명적인 맹독이다 한 숟갈 한 젓가락씩 가져다 먹은 이들의 시체가 즐비한 내 방은 복어의 내장처럼 검붉다 한 번 품은 독기를 쉬이 내려놓지 못하는 맹독성을 증오한 지 이십 년, 이 썹 놈의 죽은 시간들이 성난 물보라처럼 밀려와 발목을 잘랐다 치어처럼 다가오는 숱한 인사들을 향해 맹독성 물음표 모양 알들을 낚싯바늘처럼 던졌다 나는,

차라리 맹독성 내 방이
내 숨통을 끊기를 가죽을 벗겨 내도 끈질기게 살아 몸을 배배 꼬며 저항하는 곰장어 같은 쓸모없는 운명쯤 즉사시켰으면

4부

못다 끓인 라면

—파주 장애 남매 화재 사건

오늘은 세상에서 가장 맛있는 라면을 끓일 겁니다 마른 면발 같은 동생의 길은 꼬이고 굳어져 있어요 아무도 걷지 않는 텅 빈 길엔 아사한 바람의 뼈들이 비명처럼 흩날립니다 손짓을 오해한 산새들이 후드득 달아나고 산짐승들이 우우우우 어둠을 타고 내려와 길목을 막고는 여행을 떠나는 언어들을 위협합니다 허공의 골짜기를 헤치고 봉우리를 넘어 당신에게로 향하던 언어들이 빈손 그대로 돌아오는 것을 보며 나는 나이팅게일, 동생만의 나이팅게일을 꿈꿉니다 푸르름이 증발한 동생의 혈관에 물을 채우고 체온들이 지나는 길목에 서서 빛들의 소리를 통역하며 차가운 동생을 덥힐 거예요 꼬인 채 굳어 있던 길이 기지개를 켜며 일어나네요 여기,

아직, 염원이 담긴 수프와 파와 어둠을 밝혀 줄 달님 빼닮은 노른자는 넣지도 못했는데 나이팅게일은 한창 부풀어 가는 중인데

못 다 끓 인 당 신 의 나 이 팅 게 일 은 아 직 도 끓

고 있 나 요

알란 쿠르디(Alan Kurdi)*

인사도 못했는데 당신들에게
내 목소리 닿나요

항해가 한창인데 나는
섬이 됐어요

고향을 떠나오기 전 아버지가 사 준
셔츠와 바지와 양말과 신발은 참 따뜻해요
덕분에 처음 발을 딛은 이곳이
낯설지 않아요 마치 당신들이
바로 옆에 있는 것 같거든요

코스**, 새로이 지어진 내 이름이에요

심장을 떠난 피가 광기에 휩싸여
무고한 목숨들을 취하는 것을
방관할 수 없어요 그들을
무기로 돌변하게 한 것은

누구입니까

섬이 된 내게로
사람들이 몰려들어요 고향 부재인
영혼들의 눈물이 에게해로 모여요
감당할 만합니다

아버지 어머니
나는 섬이 됐어요 온 힘을 다해
코스, 라고 발음하면
멀리서 눈물들이 글썽이며
달려와요

분노도 비극도 없는 곳을 찾아
섬이 됐어요 나는 코, 스,

코스

* 2012~2015. 쿠르드계 시리아인으로 본명은 알란 셰누이다. 시리아 내전으로 인해 유럽으로 이주하던 중 지중해에서 배가 난파되어 터키 보드룸의 해변에서 사망한 채로 발견되었다.

** 터키 남서부 해안 부근에 있는 그리스령 섬.

발렌타인
—뤼순 감옥으로부터의 편지

해주의 모습은 어떻습니까, 어머니
동면에서 깬 개구리들이 봄을 맞고 있겠지요
얼음으로 만든 바늘을 빈틈없이 깔아 놓은 듯
몸을 붙이고 있기 힘든 뤼순 감옥입니다만
암흑의 고국에 비하면 제법 견딜 만합니다
배고픈 뱀이 먹이를 옥죄듯
차디찬 기운이 온몸을 휘감는 옥중에서
하얼빈에서의 일을 회상합니다 침략의
원흉을 처단했다는 후련함보다
오백 년 고목의 죽음으로 인한
통증이 이루 말할 수 없어
코레아 우라 코레아 우라
마른입에서 단내가 나는 줄도 모르고
목을 찢어 댔습니다 애초에 제게
불효는 없습니다, 다만 언젠가
다시 환할 고국을 보지 못하고 떠나야 함이
원통해 잠을 이루지 못합니다
얼마나 많은 피가 뿌려져야 이 땅에

다시 봄은 오는지 한 치 앞도 분간하기 어려운
밤마다 생각들은 꼬리에 꼬리를 뭅니다
간수로부터 수의를 전해 받았습니다
해주 냄새가 납니다
이천만 동포의 아들로서 명을 다하니
눈물 밀어 넣으십시오 그 어떤 날보다도
진정 달콤한 날이니까요

에밀레

—용광로 청년*에 대하여

도대체 어떤 극락이 아이를 미친 불길 속에 넣으라고 합니까 만일 세존의 가르침이 그러하다면 결단코 따르지 않겠습니다 바라건대 아이를 데려가지 마십시오

– 엄마, 나쁜 일은 아닐 거야 나를 낳아 주었으니 이제는 내가 당신 가슴에 맑고 싱싱한 꽃으로 필게 걱정 말아요

어머니 오늘도 저는 狂溫 위에 섰습니다 펄펄 끓는 용광로 쇳물이 메두사의 머리카락처럼 날름거립니다 저는 여태껏 누구를 깊게 녹여 보거나 누구를 위해 녹아 본 일이 없습니다, 다만 어머니로부터 물려받은 피를 쉽게 식지 않도록 힘을 기울일 뿐입니다 일평생, 가난한 두 가슴으로 오롯이 저를 품어 낸 당신, 강줄기 같은 당신 등에 저는 얼굴을 씻다가 종종 잠이 들었습니다 천도 넘는 온도를 쥐꼬리만 한 월급으로 견디겠다 했을 때 말없이 등만 쓰다듬으셨지요 용광로가 폐철을 녹여 새 철을 만드는 정성으로 주저앉은 가슴의 골짜기를 일으켜 세우

고, 뼈가 가죽을 밀어내는 메마른 등과 텅 빈 자궁을 채울 것입니다

– 얘야, 어젯밤 꿈에 너를 봤구나 별일은 없니 내 손으로 밥을 지어 먹인 지가 엊그제 같은데 꿈이나 생시에나 내 안을 아낌없이 내주어도 부족하기만 한 아들, 내 아들아

서른 전, 당신에게 닿습니다 젖물이 들어 있던 자리는 아득히 깊고 넓어 나는 감히 측량할 수 없습니다 제 목소리 어머니 가슴에 꽃피도록 에밀레 에밀레 에밀레

* 2010년 9월 7일 새벽 2시께 충남 당진군 환영철강에서 근로자 A씨가 작업 중 5미터 높이의 용광로 속에 빠져 숨졌다.

위르겐 힌츠페터(Jürgen Hinzpeter)*

—푸른 눈의 목격자

씻어 내지 못한 피들로 얼룩진 손톱과
머리카락을 그곳에 묻어 주세요

그 도시에 처음 발을 딛은 나는 푸른 내 두 눈을 의심했어요 봄을 봄이라고 누구 하나 감히 나서서 말할 수 없었던 도시 가로수 빈 가지마다 빼곡히 맺힌 핏방울들로 거리는 온통 검붉었어요 이미 끊어진 숨들로 포화한 도시 구석구석을 다니며 나는 연신 올라오는 구역질을 참느라 혼이 났어요 도청 분수대는 턱 끝까지 차오른 핏물을 쉴 새 없이 토해 내고 며칠 굶주린 짐승의 어금니인 듯한 진압봉에 의해 으깨진 살점들이 바람에 휘날렸습니다 병원은 저승의 관문, 살아남은 자들이 주먹밥으로 목숨을 간신히 부지할 때 밤 열두 시보다 더 어두운 곳에서 웃음을 흘리기 바쁘던 당신들은 진정 안녕을 바랍니까 어디로도 누구에게로도 통할 데 없었던 도시, 그저 절규하는 카메라를 다독이는 일이 내가 할 수 있는 최선이었어요 제 목숨 이어 가기 급급한 자들보다 의연하고 예리하게 세상을 관통하던 망자의 눈동자를 잊을 수 없어요 코를 찢는 소독약 냄새와 가슴을 짓누르는 곡소리 사이에서 한동안 나는 자리를 뜨지 못했어요 사랑도 명예도 이름도 남김없이 한평생 나가자던 뜨거운 맹세**를 마저 보지 못하고 나는 도시를 떠나야만 했어요

광주, 라고 발음하면 떨쳐 내지 못한 비극이 한 줄기 빛으로 아리게 돋아나요

내 손톱과 머리카락을 부디 광주의 심장에 묻어 주세요
수많은 위르겐과 힌츠와 페터들이 앞서간 자들을 따르릴지니

* 1937~2016. 독일의 언론인. 광주민주화운동 당시 현장을 영상에 담아 언론 통제로 인해 국내에서는 보도될 수 없었던 광주의 참상을 외국에 알리는 데 큰 기여를 했다.
** 〈임을 위한 행진곡〉 가사 부분.

슬픈 생일

—김소형 氏*

갯냄새에 절여진 몸을 차에 싣고 당신은 선혈 낭자한 오월 길을 내달렸습니다 완도에서 나주 화순 담양으로 이어지는 길목마다 광분한 맹수들이 날뛰었고 기형의 어둠이 자꾸만 발목을 묶으려 했지요 고비를 넘어 가까스로 집에 당도한 당신, 격랑의 한복판에 태어난 딸아이의 세상 첫울음을 꼭 안아 주었지요 혹여 일말이라도 새어 나갈까 봐 문틈까지 막아 가며 말입니다 그랬는데 당신, 날이 채 밝기도 전에 여린 내 가슴에 남녘의 바다에서부터 지녀 온 비린 향기만 남겨 두고 한 송이 꽃으로 돌아갔지요 해가 거듭될수록 그윽해지는 당신 체취, 글을 쓰거나 그림을 그리거나 눈물의 뼈를 깎고 다듬어 상(像)을 빚어 내는 일은 잔혹한 오월을 견디는 나만의 방식이었어요 온몸으로 당신을 부르면 한 가닥 촛불이 화답하듯 타오르며 그늘진 내 안을 밝혔습니다 도무지 발길 닿아지지 않는 그곳에도 봄은 왔습니까 이제는 내가 당신의 울음을 안습니다 사, 랑, 합, 니, 다 아버지

* 5·18 광주민주화운동 유족.

葬猫

늦은 저녁, 아파트 입구에 어린 고양이
네 마리가 모여 있다 그 앞에 어미로 보이는 고양이가
축 늘어져 있었다 불귀의 객이 된 지 얼마 지나지 않았는지
피는 쿨럭이며 연신 거친 김을 뱉어 내고 있었다 차마
현실이 믿기지 않는다는 듯 차츰 굳어 가는 어미의 몸을
핥아 보거나 흔들어 보는 새끼들, 사고에도 아랑곳하지 않고
서슬 퍼런 눈의 차들은 남은 이들의 목숨마저 조여 왔다, 분명
저들 중 하나가 어미를 죽게 했으리라 그러나 죽인 자와
죽은 자 모두 말이 없었다 무겁고 깊은 침묵이 발을 묶었다
겨우 걸음을 옮겨 근처 슈퍼마켓으로 들어간 나는 주인에게
자초지종을 말하고 쓰레받기 한 개를 빌렸다 온통 먼지를

뒤집어쓰고 있는 그것을 깨끗이 헹군 뒤
다시 현장으로 향했다 여전히 자리를 뜨지 못하고 있는
새끼들 틈을 비집고 시신을 수습했다 사랑하는 이의
품에
안겨 최후를 맞듯 쓰레받기 안으로
힘없이 들어오는 어미를 보다가 물대포에 맞아 숨진
한 농민 생각이 났다 이미 죽은 이를 재차 죽이고자
채 마르지 않은 눈물을 짓밟고 장례식장으로
밀고 들어오려 했던 피도 눈물도 없는 권력의 충견들
지켜 내야 할 죽음들이 있다 기억 안에서 여전히
펄펄 살아 숨쉬는, 결코 죽어지지 않는 죽음들
광기 어린 자들로부터 어린 것들을 감싸며 나는 담담
하게
망자를 배웅했다

길옆 화단에 수습한 어미를 눕혀 두자 새끼들이 그제
야
길게 목놓아 울었다 비로소 장례가 거행되었다 그날,

밤새도록

예정 없던 비가 내렸다

8

위아래로대치중인각각의원을지독한이데올로기라규정한다
우람해지거나왜소해지지도않은채둘은오래도록대립중이다

희생은빈번하다각자의영역을수호한다는미명하에
원은피를갈구한다비명에죽은이들의
피가원을감싸며흐른다

피의유속이느려지고검붉어질수록
뚜렷하고팽배해지는두원의대립

원과원의가운데
지점을끊어내야이지겨운대립이끝난다고
여러차례견해를제시했으나그때마다나는하나의
원만제거하면된다고주장하는자들에의해불순분자로
치부되었다

보고싶은것만보고듣고싶은것만듣고
맡고싶은것만맡고맛보고싶은것만맛보기위해
원안의사람들은안경을더욱밀착해썼다
사물이크게보일수록풍경들이사라졌고
누구도사라진풍경들을말하지않았다

하나의원을살리기위해다른하나의원과
그구성원들이죽어야만하는것이정당한가
같은족속들이지만대립의지루함과그로인한괴로움을
알길없는ㅇ나ㅇ보다아무래도나는0이좋았다
0은죄책감이없었으므로

(나의피만은부디저원을감싸며흐르지않았으면한다)

원과원사이팽팽한교차점당신들이사라졌다고믿는
풍경들은저기에있다

누구도말하지않는풍경들을나는옹호한다

비로소 봄

흙가슴의 향내가 사라진 사월로부터
시계는 멈춰 있었다
아무것도 보이지 않았다 봄인데
어둠이 밀려들어 폐부를 짓눌렀고
무엇이든 부숴 버릴 기세로 물살은
달려들었다 달력을 한 장씩 넘길 때마다
점점 몸집이 부푸는 밤은 누구의
비호를 받는가 우리의 시간은
흐르지 않았다 가만히 있으라는 말의
잔혹성을 깨달은 대가로, 우리는
죽음을 들을 수밖에 없는 귀와
죽음을 볼 수밖에 없는 눈과
죽음을 말할 수밖에 없는 입과
죽음의 냄새밖에 맡을 수 없는 코를
갖게 되었다 영영 봄을 부르지 못할까 봐
뿌리가 언 땅을 밀어내듯 우리는
수면을 향해 손발을 젓는다 광장이
첫새벽을 잉태하고 먼 섬들이 젖은

몸으로 달려 나온다 보이지 않던 것들이
조금씩 보이기 시작했다 마음껏
울고 나니 비로소 봄이었다

춘설

소낙눈 몰아치는 봄밤 옛 추억은
눈 뜨고 나는 살얼은 손을 녹여
그대에게 편지를 씁니다

건네지 못하고 쟁여 놓은 말은 탱자나무
가시 같아서 다루는 손은 금세 붉어집니다

무르익지 않은 봄과
춘설 내려앉은 자리를
폐허로 규정할 권리가
전무한데

서둘러 그대 향했던 마음 거두어
들인 것은
해빙을 장담할 수 없는 과오입니다
사랑은 왜 돌이킬 수 없음을
깨달을 즈음에 오는지

편지는 부치지 못하고 눈꽃만
하염없이 맞았습니다 작금의 통증을
겪어 내지 않고서 그대에게
닿을 방도가 없습니다

좀체 녹을 줄 모르는
나는

푸아그라

1

별주부전에서 몇 백 년이고 묵은
토 선생의 간이 질린다면
이쪽으로 와보시겠습니까

몇 달은 족히 살찌운 거위에서
기름진 간을 방금 얻어 냈으니까요

2

봉씨는 오늘도 시팍 피시방의 모니터에서 열심히 물갈퀴를 휘젓고 있습니다 그의 날개는 바람 소리만 낼 뿐 전혀 구실을 할 수 없습니다 연신 시팍, 시팍거리는 그의 뭉뚝한 부리가 더욱 뭉뚝해집니다

인공호수는 야생성을 망각한 자들이 모여들기에 안성맞춤입니다 가공된 초록들 분수의 춤은 부자연스럽습니다 호수 안에 먹이가 될 만한 고기는 한 마리도 없습니다 봉씨는 부리만 살짝 담갔다가 빼기를 되풀이합니다

핸드폰의 스피커에서는 우울한 음색과 도정되지 않은 욕설이 알맞은 비율로 배합됩니다—한심한 새끼 밥만 축내는 놈—독설을 간신히 소화해 낸 봉씨, 개구리 턱처럼 부푼 배가 가라앉을 줄을 모릅니다

3

얼큰히 술에 취한 봉씨가 핸드폰을 잡고 늘어집니다—내 날개는 장식품이 아니란 말이야 온종일 날아서 구름이랑 하늘을 비벼 먹고 남극에서부터 아프리카까지 갔다 올 수 있는데 바람 대신 지랄을 맞아도 정통으로 맞아 버렸다니까 염병할—혈액을 밀어낸 알콜이 봉씨를 서서히 잠식합니다

4

여보세요 방금 막 토실한 거위
한 마리를 도축했어요 특히 간은
아무나 접할 수 없는 특수 부위입니다

자존심처럼 탱탱한
핏줄들은 또 어떻고요

여러 번 헹궈 내야 합니다
웬만한 누린내가 아니거든요
원한이 사무치는 눈빛처럼
쉽사리 잦아들지 않습니다

5부

리스컷트 증후군*

얼굴은 표정들의 무덤입니다 딱딱한 눈물을 먹고 자란 독수리들이 어제 오늘을 겨우 살다 죽은 그 차가운 것들을,

먹어 치워요 장의사조차도 없는 땅, 이방인들은 방명록만 남기고

사라졌죠 허기에 방치된 채 앙상해진 글자들이

아우성쳐요—물, 물이라도 주세요 물,

더 이상 물이 흐르지 않는 내 손목, 손목에는 크고 작은 강이 흐르고 있었는데요, 물은 오열하면서 미쳐서 매일 달리기를 멈추지 않았는데요, 그 안에 고기는 단 한 마리도 없어요

고기, 아득한 발음 안에서 독이 묻은 가시가 눈을 뜨는 메마른

기억을 열심히 뜯기 바쁜 독수리들

아직, 나는 여전히 이렇게 무거운데요, 살아 있다면요

가 볍 고 싶 은 데 요

* 살아 있음을 느끼기 위해 손목을 긋는 일종의 자해 행위.

패스워드 증후군

— 여보세요

잊고 있었던 잃어버린 지 오래된 나를 찾아요
뒤가 허전해 뒤돌아보니 그림자가 말라 죽어
있었어요, 별안간의 죽음에
단 한 줄의 유서조차 남기지 못한 자들
코를 대면 비린 냄새가 가장 먼저 반길 것 같은
그림자, 사라진
나는 어디에 있는 건가요

— 용건이 뭡니까

장난, 내 장난으로 다친 당신들 멀거나 가까웠던
나의 당신들, 이불이라며 가져온
날으는 양탄자를 덮고 자다 떠나 버린 엄마가 있었고
그런 엄마를 따라간 소식 없는 갈매기 아빠
내 심장에는 관객이 없어요
허수아비 인형들을 앉혀 놓고 박수치게 했죠

매일 밤 당신들의 행방을 수소문하다 재가 된
심장을 수습해 돌아왔습니다

— 미친놈

이라고, 불러도 좋아요 어디론가 나는 미쳐 가요 이미
어떤 곳에 미칠 때쯤이면 나는 번호
이름 대신 번호로 불릴 거예요 낮은 곳의 당신들과
높은 곳의 당신들을 잇는 일련의 번호가 되겠지요
매일 바뀌는 번호가 내 본명입니까
내가 있는 이곳은 안전한 겁니까

— 뚝

해독 불가능한 영혼이 되는 건 끔찍해요 오늘은
어느 잠겨 있는 지문과 달팽이관과 누구의 심장을
두드려야 합니까 당신들에게서 무효가 된다면
또 어디로 미쳐야 합니까 나는 나를 자주 잊고

잃습니다 먼지들이 사는 나라에 가야겠어요
미궁마저도 나를 헤매기 일쑤입니다
얽히고설킨 길이 발병 나는 줄도 모르고
하염없이 나를 걷습니다

드레이크 방정식*

R*

내 안에 또 다른 내가 산다 개 오줌이 신문지에 스미듯 그는 내 안에 들어온다 누구세요 넌 어디서 왔니 대답은 없고 하늘에서 춤추다 지친 별들이 소금 알갱이가 되어 쏟아진다 쏟아진 별들은 내 안에 뿌리를 내리고 싹을 틔우고 점 · 점 · 점 · 부풀어 오르며 집을 짓는다 갓 구워 낸 빵 냄새를 닮은 집으로 그가 걸어 들어간다 매일 밤 이렇게 지어진 집에서 그는 팽창하고 터진다 내 안에는 그가 산다 99.9%로 한 치 오차도 없이 그는 나에게서 빗나가지 않는다 그는 나인가 아니면 그인가

fp

새벽녘 바람이 흩어진 구름들을 한데 모아 조물조물 반죽을 한다 치대고 누르고 뭉쳐 행성 몇 개를 뚝딱 만들어 낸다 구름은 자기네들끼리 낄낄거리며 가끔 으르렁댄다 그는 별들이 지은 집에서 일어날 준비를 하는 중이다 집을 짓다 지친 별들을 보며 한마디 한다 너희 잠 제대로 못 잤구나 이런이런 끌끌끌 혀 차는 소리는 별들의

귀에 가 닿지 않고 보다 못한 그가 그의 살점을 떼어 내 반죽한다 거칠고 투박한 손 안에서 둥글어지는 살점 그러나 뭉쳐지지 않는다 모른 척 그에게 내 살점을 떼어 주자 그는 기뻐하며 반죽을 이어 간다 내 살과 그의 살이 조물거리며 새알심처럼 뭉쳐진다 반죽이 하나씩 완성될 때마다 피곤한 별들이 몸을 뉘인다 내가 안에 그를 가졌듯 그도 안에 별을 가졌다 그의 품 안에서 별들은 자란다 구름들의 반죽을 거의 끝냈다 핏기 가시지 않은 물컹한 해가 머리를 내민다

ne

모든 별들은 태어나고 나이를 먹다가 죽는다

나와 그는 별이다 그러므로

태어나고 나이를 먹다가 죽을 확률은 100%겠지만 간혹 계산이 빗나간다면 나는 100% 앞에 떳떳할 수 없다 100%가 될 것인지 %001이 될 것인지 0%가 될 것인지 0.000000000…… 1과 0과 % 사이에서 나는 미아가 될 것인지

다만 지금,

내 안의 그와 그 안에 사는 별과, 그리고 나는

서로가 한 치 어긋남도 없이

서로의 안에 산다

fl

잠을 달게 자고 난 별들이 눈을 뜬다 몇몇 놈들은 아직 꿈속에서 허우적거리는 중이다 그가 남은 별들을 흔들어 깨운다 이봐 일어나 가위에 눌린 별들은 쉽게 일어나지 못하고 그는 돌아선다 남겨진 별들은 화석처럼 굳어진다는 한 마디만 나에게 남기고 그는 다시 하늘로 올라간다 벗겨진 알껍데기 같은 반죽의 흔적들을 나는 다만 말없이 치우기만 할 뿐이었다

fi

진화하지 않는 누구에게나 흐르는 이 피가 난 너무도 싫어[**]

fc

그가 데리고 간 별들 중 하나가 연락을 해 온다 잘 살아요? 잘 살지 그는? 그는 잘 있어요 몸이 쑤신가 봐요 당분간 못 내려간다나 봐요 그래 몸조리 잘하고

매일 밤 내 안에 스미던 그는 몸이 아파 내려오지 못할 때
스며들지 못할 때
그의 자식 같은 별들을 보내
안부를 물었다

안부를 전하러 온 별들이 놀랄까 봐

방.안.의.컴.퓨.터.와.핸.드.폰.을.기.절.시.키.고

L

어느 순간 안부를 전하러 내려오는 별들의 발걸음도 뚝 끊기고 나는 그들이 궁금했다 내 안에 살던 그와 그

의 안에 살던 별들은 어디서 무엇을 하고 있나 그는 그였나 별들은 별이었나

나는 누구인가
내 안에 스미던 그는 누구인가

다시
소금 같은 별들이 내리고
나는 그들이 쉴 집을 짓는다

N
내 안에는 그가 산다 별들이 산다
헤아릴 수 없는 그와 별이 부풀고 터지고 또 부풀어 터지고

삐비비빅

치지지직

별들에게서

신호가 오며

* 인간과 교신할 수 있는 지적인 외계 생명체의 수를 계산하는 방정식. 1960년대에 방정식을 최초로 고안한 프랭크 드레이크 박사의 이름이 붙었다.

** 일본 애니메이션 기동전사 건담 더블오(OO)의 OST 〈Daybreak's Bell〉에 나오는 "進化しない誰にも流れるこの血が大嫌い" 부분을 풀이한 것.

어떤 모자에 관한

이상한 일입니다 분명 모자를 벗었는데
머리가 사라졌습니다 비웃듯 알몸을
구르는 낯선 공기 나는 생각을 거듭하다
방금 전까지 쓰고 있었던 모자를
사건의 배후로 지목합니다
어떤 모자는 심해의 포식자처럼
머리란 머리들은 모두 먹어 치웁니다
걸신스럽게도 부푼 배는 무덤,
그것을 절개하면 묘연했던
머리들의 행방을 알아낼 수 있을지도
모르겠습니다 소명을 다하지 못하고
지워진 이름들과 검게 시든 입들은 나의
과오입니다 모자 배후의 일그러진 세계와
거기에 군림하는 신을 숭배하지 않습니다
한자리에 연연하며 머리 위의 하늘이
진실의 전부라고 여기는 모자 안의 맹목적인
나무들보다 어디에도 종속되지 않는 뜨내기
바람을 신뢰합니다 일방적으로 씌워지는

모자들을 거부합니다 사라진 머리를
폐허로 규정하거나 함부로 절망을 내려놓을
자격이 나는 없습니다

폼페이

나의 내부에는 도시들이 자란다

사치, 라고 발음하면 치가 떨려, 라고 말하면서 사료처럼 던져지는 사치를 묘기 하듯 받아먹었지 꿀꿀, 세상에서 가장 연약한 저항 밤마다 둔한 울음 몇들이 쥐도 새도 모르게 끌려 나가 도축되었다 도축된 울음들이 빨주노초파남보로 치장한 관에 포장되듯 넣어졌다 겨우 살아남은 몇은 차가운 선율이 되어 얼음처럼 울부짖었다

도시들은 태어나서 자라고 죽기를 되풀이하면서

섹스에 눈먼 이들이 전자발찌를 찬 채 탑골공원이며 마로니에공원 등지를 활보하다 공원의 심장에서 죽었다 죽은 이들을 수습하다 배가 불러 버린 비둘기들이 폭죽처럼 터졌다 유쾌한 유서가 깃털처럼 날렸다 폭식증을 불치병으로 가진 여자가 죽었다 재벌의 파열된 내장에서 과일 상자가 무더기로 쏟아졌다 현금지급기들은 터미네이터가 된 지 오래다 죽은 자들이 껌처럼 눌어붙은 내

안 — 안녕, 환영해요 환영(幻影)의 도시에 오신 신사숙녀바보머저리 여러분

굳은 피 안에서 웅크린 도시들이 발굴되었다

빛과 소리는
죽지 않는다고
착각으로 부푼

자만의 도시 죽은 눈물들이 비밀리에 쌓이고 쌓였다 눈물은 숙성될수록 모든 것을 녹이지 눈물을 잊은 채 술에 취해 비틀거리는 안이한 속물들, 비명(悲鳴)도 지르지 못하고 비명(碑銘)도 새기지 못한 채 회색의 시간에 묻히고 말 테지

내부에서는 여전히 도시들이 자란다

석이(石耳)

요설들로 포화한 내 혀가 미처 수습하지 못한 말들이

누군가의 귓속으로 뿌리내린다고 들었을 때

자괴감을 견뎌 내지 못한 심장이 검은 피를 토했다

감언이설들로 득실거리는 붉은 방

신뢰성 없는 공간을 모면하기 위한

말들의 행렬

불안의 시공을 겨우 빠져나온 언어의 포자들이

나선형의 계단을 따라 내려간다 어둠 속에

웅크린 원형의 동굴 그 깊숙한 곳에

잡다한 음절들로 죽을 쑤어 먹고 사는

푸른 달팽이, 난민 같은 말들을 위해

기꺼이 자신의 몸을 내어 준다 내 혀를 떠나온

말들이 짐을 푼다

검은 잎사귀인 지 오래인 혀는 무기력했다

더는 토혈할 것이 남아 있지 않은 심장이

바스라졌다 입안에서 돌이 자랐다

언제쯤 무거운 날들에 마침표가 찍어질지

알 수 없었다

죽은 시의 사회

국어시간 칠판에 시를 묶는 교사 손이
수술용 장갑을 낀 듯 차갑다

에테르 적신 거즈로 아가미를 덮은
붕어처럼 누워 있는 시

교사가 해부할 부위를 체크하듯
분필로 곳곳에 밑줄을 친다

단어와 문장이 하나씩 떼어지고
시는 의식을 잃는다

죽어 버린, 시

개인이 전체로 이념이 신념으로
성찰이 절망으로 둔갑하는 세계

충실한 하수인인 칠판의 통제하에

희망보다 절망을 먼저 배우는 아이들

아무 일 없었다는 듯 수업을 마친
교사가 교실을 나선다 쥐도 새도 모르게
버려지는 시의 주검

누가 아이들에게 검은 입을 달았나
의문을 제기하는 이가 없다

퍼즐

금방 모였다가 흩어지곤 했다
손을 잡았다가 놓쳤고 자주
발을 헛디뎠다 늘 겨울이었다
좀처럼 바뀌지 않는 계절,
어제는 한 무리의 새 떼가 떠났고
오늘은 한 무리의 별이 졌으며
내일은 한 무리의 영혼이 떠날 것이다
멀어지는 이들로부터 나는 한참
멀리에 있었다 세상의 모든
애인들을 호명하면 뼈가 욱신거렸다
입안에서 자꾸만 넘어지는 혀
벌어진 상처에서 옛집의 잔해와
헤어진 벗들의 이름과 나에게 최초로
눈물의 사용법을 가르쳐 준 피아노가
발굴되었다 내 분신이나 다름없다
여겼는데 나는 기형의 조각, 어디에도
들어맞지 못하고 표류했다
어긋난 세계에서 아버지의 여자와

어머니의 남자는 어떻게 오래 서로였을까
내 안의 바람과 물과 풀과 흙은
나를 무조건적으로 옹호하지 않는다
아무도 찾아오지 않는 쓸쓸한
심장으로 누구를 지탱하는가
차가운 피를 덥히기 위해 알맞은
조각들을 물색한다 결핍된 채
같은 자리만 맴도는
나는

고독사

사내는 늘 취해 있었다 허리보다
더 굽은 혀로 골목 담벼락이나 유리창에
새겨진 비문들을 해독하다 집에 돌아왔다
TV나 라디오를 켜면 순식간에
빈방이 인파로 가득 찼으나
오래지 않아 증발해 버리는
일시적인 체온을 그는 믿지 않았다
천국으로의 이삿짐 센터는 먼저
_자신부터 참는 거다_*라고
중얼거리며 그의 유일한 수행원인
그림자가 잠에 들면
그는 묵혀 둔 이야기를 꺼냈다
어두운 게 싫어 그림자란 그림자는
죄다 숨어 버려서 적막뿐이니까
내 글에는 그래서 밤이 없어
그러던 어느 날 그림자와 함께
사내는 사라졌다 여러 날이 지나도록
아무도 몰랐다 묘연한

그의 행방이 더욱
묘연해졌다

글을 쓰다 만 원고지 위
증거처럼 남겨진 벌레들
그늘진 사내의 생이 오버랩 된다

또 다른 누군가가 소리 소문 없이
사라진다 밤은

그늘의 무덤.

이 마을의 다른 이름이기도 했다

* 일본 영화 〈고독사(アントキノイノチ)〉의 극중 대사.

펭귄마을*

오랫동안 겨울이었다 나는
빙하풍을 종교로 가졌다

어디에도 속박되지 않은 바람은
날개를 타고 극과 극을 오가는데

나는 수시로 낯설어서
겨울을 신으로 삼은 마을로 갔다

마을 밖에서는 뼈가 부러진
바람이 신음하곤 했는데

누구나 겨울의 속도로 걷고
겨울의 이름으로 불렸고
겨울의 언어로 말했다

뻐꾸기 대신 펭귄 무리로부터
날개 없이도 바람을 부르는 법과

극과 극을 건너는 법을 배웠다

변방에도 중심이 있다는 것을
겨울을 깨닫고 나서 겨우 알았다

* 광주광역시 남구 양림동 소재.

파도소주방

구름의 파편 같은 회를 씹는다
입안 가득 포말이 인다

종착역에서는 습관처럼
고단하고 쓸쓸해졌다
광장에서 사람들이 던져 주는 모이를
받아먹는 비둘기들
슬픔의 기점, 거듭되는
생각을 따라 나뉘고 뭉쳐지는 구름
허점 많은 몸이 바람에게
쉽게 속내를 들킨다

먼 데 먹빛으로 뜬 섬들의 속마음도
읽어 내지 못하고 당신 없는 자리를
변방과 폐허로 규정하는 일이 옳은가
오래 풍화와 해식을 겪은 갓바위와
사나운 공룡의 등뼈 같은 서산동에도
어떻게든 삶은 이어지는데

어째서 나는
섣불리 풍파에 백기를 드는가

대성동 목포여자고등학교 앞
기적과 파도가 수시로 드나들며 부서지는
소주방, 한 평에도 미치지 못하는
잔 안에 나는 앉아 있다

온몸으로 파도를 견딘 몽돌만이
그 안에 섬과 바다를 키운다

당신 앞에 나를 세울 것이다

| 해설 |

비극의 기호와 '시-의지'

이성혁(문학평론가)

1.

"빛보다 어둠을, 삶보다 죽음을 먼저 마주했다." 오성인 시인의 첫 시집 『푸른 눈의 목격자』 첫머리에 실린 '시인의 말'의 한 구절이다. 어떤 시집을 이해하는 데 '시인의 말'이 도움을 주는 경우가 적지 않다. 이 시집의 '시인의 말'은 오성인 시인이 세계를 대하는 자세를 말해 준다. 어둠과 죽음을 회피하지 않고, 나아가 그 어둠과 죽음이 가져오는 "슬픈 언어들을 물리지 않"으려는 자세 말이다. 이를 오성인 시인의 '시-의지'라고 말할 수 있을 것이다. 시인은 모두 특정한 '시-의지'를 가지고 있다. 의지의 힘이 있어야 시작(詩作)이 가능하니까 말이다. 오성인 시인은 어둠과 죽음과 마주하고 그 죽음이 가져다줄 정동과 언어들—

'슬픈 언어들'—을 붙잡으려는 '시-의지'를 가지고 있다. 하여, 그가 붙잡은 슬픈 언어들이 그의 시작의 바탕을 마련해 줄 것이다.

'시인의 말'에서 오성인 시인의 시적 의지와 만난 후 페이지를 넘기면 처음 만나게 되는 시가 「양림동」이다. 시집을 다 읽은 독자는 알겠지만, 이 시는 시집의 맨 마지막에 실린 시인 「파도소주방」과 대응한다. 이 시집은 처음과 끝을 갖는 드라마처럼 구성되어 있는 것이다. (아리스토텔레스는 드라마가 '처음-중간-끝'으로 구성되어 있다고 말한 바 있다.) 시집의 첫머리에 있는 「양림동」은 이 시집이 펼쳐 낼 세계를 미리 언질해 주는 서시 역할을 한다. 이 시집이 오성인 시인의 첫 시집이기에 「양림동」은 앞으로 계속될 오성인 시인의 시작(詩作) 전체의 서시라고도 말할 수 있을 것이다. 다시 말하면 시인이 세상에 제출한 출사표와 같은 시가 이 시인 것. 그만큼 이 시에는 오성인 시인의 시작 방향을 엿볼 수 있는 그의 '시-의지'가 표명되어 있다.

> 죽음과 씨름하느라 배가 고팠던
> 나는 낯선 슬픔의 젖을 냉큼 물고는
> 놓지 않았다
>
> 비극보다 더 단단한 비극이 되어
> 세상 모든 비극들을 품으려

거친 숨 섞인 외할머니의 유언을 먹고
학교 담벼락 속 꽃들은 계절마다 피고 진다

동족을 향해 차마 총을 겨눌 수 없어
피보다 더 빨간 낙인이 찍혀 개명한
할아버지와 영문도 모른 채 군대에서
방망이를 깎아야 했던 아버지, 불순한
지역에서 나고 자랐다는 이유로
유명을 달리한 외삼촌

말하지 않아도 양림산
은단풍나무는 내막을 안다

최초로 울음을 터뜨린 길을 걷는다
마르지 않은
눈물들이 발밑에서 구른다

길의 척추를 더듬는 발끝이 시리다

단단하고 둥근
비극을 꿈꾼다

—「양림동」 전문

이 시를 읽어 보면, 오성인 시인이 '시인의 말'에서 언급한 죽음이 관념적인 죽음이 아니라는 것을 알 수 있다. 외할머니, 할아버지, 외삼촌의 실제 죽음이 이 시인의 삶에 깊이 각인되어 있음을 알 수 있는 것이다. 물론 친척의 죽음을 젊은이들도 많이 겪을 수는 있다. 하지만 오성인 시인은 그가 만난 죽음들을 그냥 보내지 않고 '씨름'했다. 아마 이 '씨름'이 그를 시작의 길목으로 이끌었을 것이다. 그는 죽음과 씨름하면서 어떤 갈망을 느꼈던 것으로 보인다. 이 젊은 시인에게는 그가 마주하게 된 죽음들이 가져온 슬픔이 낯선 것이었을 터인데, 그는 그 "낯선 슬픔의 젖을 냉큼 물고는/놓지 않았다"고 말하는 것을 보면 말이다. 그는 낯선 슬픔의 젖을 먹음으로써 죽음과 씨름하며 느끼게 된 어떤 갈망을 도리어 풀 수 있었다. 이를 통해 시인으로 성장해 간 그는 "학교 담벼락 속 꽃들"에서도 "외할머니의 유언"을 읽어 내는 시각을 갖게 된다. 그에게 세계는 죽음을 품고 있는 무엇으로 현현하게 된 것이다. 「고구마」라는 시에서도, '엄마'와 함께 고구마를 심기 위해 버려진 땅의 잡초를 뽑던 '이모'가 "자줏빛 웃음 내려놓고 떠"난 이후, "무성해진 잡초들을 뽑"는 "엄마 안에//울음이 우거져 있었다"고 시인은 쓰고 있다. 시인은 그 시에서 잡초로부터 이모를 잃은 엄마의 슬픈 마음을 포착하고는 그 슬픔을 물고 놓지 않았던 것이다.

이에 오성인 시인의 앞에 나타나는 세계는 비극의 기호를 발신한다. 이 비극의 기호에 둘러싸인 그는 더욱 시의 의지를 가지게 되는 바, 그것은 "비극보다 더 단단한 비극이 되어/세상 모든 비극들을 품"겠다는 의지다. 위의 시에서 이 의지는 '낯선 슬픔'을 젖처럼 주는 죽음이 시인에게 준 권고의 형식으로 표명되어 있다. 즉 시인 앞에 나타난 죽음의 세계는 시인에게 낯선 슬픔과 더불어 비극의 기호를 발신하는 동시에 시인에게 더 단단한 비극이 되라고, 그래서 세상의 모든 비극들을 품으라고 부드럽게 권하는 것이다. 이 권고는 젖을 주는 어머니의 음성으로 전해진다. 세계에 내재해 있는 죽음은 오성인 시의 어머니인 것. 하여 그의 시는 죽음이라는 어머니의 말씀에 따라 "단단하고 둥근/비극을 꿈"꾸면서 써지게 될 터이다. 그것은 삶의 비극성을 마음 깊이 받아들이면서 그 비극으로 더욱 옹골찬 비극을 시로 만들어 내는 작업이다. 이 시작(詩作)은 "최초로 울음을 터뜨린 길을 걷는" 일, 눈물이 "마르지 않"을 그 보행은 최초의 울음으로 시작되는 "길의 척추를 더듬는" 일이 될 것이다. 그리고 결국 "단단하고 둥근/비극"의 시집을 만들어 낼 것이다. (그리고 시집의 마지막 시 「파도소주방」에서의 "온몸으로 파도를 견딘 몽돌"이 되고자 하는 '시-의지'의 표명으로 끝을 맺는 시작 과정의 드라마를 이 시집은 담아 내게 될 것이다.)

이러한 시작에의 의지, 비극에의 의지를 이 시집의 서시

격인 「양림동」은 표명한다. 이 의지는 시인에게 세계가 죽음의 내막을 드러내는 무엇으로 현현함으로써 생겨난다. 이 내막이 무언(無言)으로 현현하는 장소가 "양림산/은단풍나무"가 있는 양림동이다. 이 시집에서 「양림동」처럼 장소가 시의 전면에 나타나는 시를 적잖이 볼 수 있다. 오성인 시인이 장소에 천착하는 것은 그에게 나타나는 죽음이 구체적인 실제이기 때문이다. 구체적인 장소에 놓인 구체적인 사물들이 그에게 그 구체적인 죽음의 내막을 드러내 준다. "학교 담벼락 속 꽃들"이 "외할머니의 유언을" 내장하고 있듯이, 고구마 밭의 "무성해진 잡초들"이 '엄마'의 우거진 슬픔을 드러내듯이 말이다. 한때 "왁자지껄 장판을 열었"던 광주 동구 대인동 대인시장, 이젠 "철마의 발굽 소리 끊"겨 문 닫은 '몇몇 점포들'(「대인시장」)이 남아 있는 대인시장도 시인의 시안(詩眼)에 들어온 구체적인 장소다. 여전히 대인시장은 "밤을 모르는 이곳"이지만, 시인의 눈에는 그 문 닫은 점포들이 발신하는 비극이 포착된다.

2.

비극을 발신하는 장소에 대한 오성인 시인의 감수성은, 그에게 비극적 세계인식을 불러일으킨다. 그 세계인식은 시인을 자기 시대에 대한 환멸로 이끄는 듯하다. 현대 사회에서는 저 대인시장의 문 닫은 점포들이 보여 주는 장소의 비극성, 그 '장소성'마저 사라져 가고 있다고 그는 생각하는 것이다.

> 횡단보도는 인간적인 실로폰
> 지나가는 풍경을 잠시 붙들고
> 그로 하여금 건반을 두드리게 했는데
> 더는 거기에 머무르는 풍경과 관객은 없다
> 묘연한 겨울의 행방과
> 무뎌진 감각의 심각성과
> 삭막한 횡단보도에 대하여 의문을 품는 자가
> 없다 우리의 혁명은 누구에 의해
> 소멸되었을까 모두들 돌연변이 열매가 되어
> 구르기 분주한 거리, 실로폰 소리 대신
> 먼지들의 웃음 소리만 거리에
> 나부꼈다
>
> ―「me-too」 후반부

위의 시에 따른다면, 우리 시대의 비극은 장소가 더 이상 풍경이 되지 못한다는 데 있다. 저 횡단보도를 '풍경'으로 응시할 수 있는 사람들이 없어졌다. 사람들의 감각은 그만큼 무뎌졌으며, 그들은 저 사막화된 횡단보도에 어떤 의문도 품지 않는다. 모두들 편의점의 가공식품을 먹고 살면서 가공적인 것을 숭배하는 돌연변이가 되어 버렸다. 어떤 장소가 풍경이 되어 실로폰 소리를 들려주는 시대는 사라졌다. 아니, 그 소리를 듣는 귀가 사라져 버렸다. 다만 덧없는 먼지들만이 거리에 나부끼며 웃음을 흘리고 있을 뿐이다. 그 웃음은 '인간적인 실로폰' 소리에 적대적이다. 그 장소가 내는 실로폰 소리는 세계의 비극성을 드러내고 슬픔을 불러일으켰다. 하지만 저 먼지의 웃음은 환멸을 불러일으킬 뿐이다. 그러나 이 환멸 역시도 오성인 시인의 비극적 세계인식의 심화라고 말할 수 있다. 그 환멸 덕분에 오성인 시인은 세계에 내재한 죽음을 감지하여 드러내고자 하는 '시-의지'를 가지게 되었을 것이기 때문이다. 세계에 내재한 비극성을 시라는 단단한 비극으로 드러내는 일이란, 그에게는 감각이 퇴화된 이 시대, 의심이 사라진 이 시대를 거슬러서 세계에 의심과 감각을 되돌려 주는 행위가 되기에.

오성인 시인은 감각을 되살리는 작업으로 생선에 주목한다. 2부 후반부에 시의 제재로 등장하는 '갈치', '삭금전어', '떡전어', '군평선이', '숭어' 등이 그것들이다. 이 '생선 시편'들에서는 각 생선과 얽힌 이야기들이 펼쳐지거나 특정 생선의 속성으로부터 삶에 대한 성찰로 나아가기도 한다. 가령 「갈치」에서는, 몸과 눈빛이 "시퍼렇게 날이 선" 모습과는 달리 "혀에 닿자마자 무슨 일이 있었냐는 듯 녹아내리는" 갈치의 맛과 갈치 살을 발라 주듯이 "당신의 살을 발라 준 아버지"에 대한 기억이 '오버랩' 된다. 「삭금 전어」에서는 "전어 굽는 냄새에 이끌려" 모인 "집 나갔던 모든 이들"이, 전어의 "살과 뼈를 야무지게 씹으면 씹을수록 집 나갈 수밖에 없었던 애달픈 사연들 목구멍을 뜨겁게 달"군다. 전어의 맛이 집 나가야 했던 이들의 기구한 삶의 기억들을 길어 올리는 것이다. 이 미각의 미묘한 감각을 되살리는 시화(詩化)는, 감각이 어떻게 삶의 기억과 깊은 관련을 맺는지 보여 준다. 그리고 그 기억은 구체적인 장소와 연동된다. 아버지와 마주한 식탁이라든지, 사람들이 모여 전어를 구워 먹는 식당 같은 장소 말이다. 기억을 되살리는 일은 그 장소에 대한 감각까지도 회복하는 일이다. 감각의 회복과 이를 통한 기억의 풍부화는, 돌연변이가 되어 가고 있는 현대인들의 삶을 회복시킬 것이다. 하지만 현재의 우리 삶은, 아래 시에서와 같이 '뼈의 창살'에 갇힌 원숭이와 같다.

동물원에서 원숭이를 가두고 있는
창살, 저것들은 어디에서 적출한
뼈일까 골몰한 적 있다

육신을 지탱하는 본연에서 벗어나
족쇄가 된

뼈를 가두는 뼈

손끝에 열대 우림 야자수의 감촉이
남아 있는 듯 창살을 매만지는 그는
얼마나 많은 울음을 뼈에 묻었을까

원숭이에게 내재된 것이 사실은 흰
봉분이라는 것을 인지하지 못하고
관람객들은 먹이 주기에 여념 없다

철창을 앞세워
억압이 평화로 구속이 자유로
포장되는 일을 함구하고 우리는
어디까지 교묘해질 수 있는 걸까

시선을 교환한다 우리는
뼈를 한 마디씩 떼어
서로의 목숨에 붙인다

뼈 안에서 들려오는 노래
먼 열대의 기억으로부터 생성됐을

핏빛으로 물든

옛 도시의 절규 같기도 했다

—「닫힌 공간의 悲歌」 전문

오성인 시인은 동물원에서 철창 안에 갇힌 원숭이를 응시하고 있다. 이 시에서도 시인은 관찰 대상으로부터 죽음과 울음을 포착한다. 시인에 따르면, 감각이 퇴화된 관람객들의 눈에는 보이지 않지만, 원숭이 안에는 '흰 봉분'이 있다. 원숭이는 '창살'이라는 '뼈'에 갇혀, '열대 우림 야자수'에서 살았던 시절의 자유를 박탈당했다. 뼈는 "육신을 지탱하는 본연"을 가지고 있지만, 창살의 뼈는 도리어 육신의 뼈를 가두는 족쇄가 되었다. 자유를 빼앗긴 원숭이는 창살의 뼈를 매만지며 자신의 울음을 뼈에 묻는다. (후자의 뼈는 자기의 몸을 지탱하는 뼈일 것이다.) 그래서 그 울음이 봉분을 만드는 것, 그 울음의 봉분 안에는 원숭이 자신의 서러운 삶이 묻혀 있는 것이다. 하여 원숭이는 저기에 살아 있지만, 살아도 죽어 있는 존재가 되어 버린 것이다.

이렇게 시인은 창살에 갇힌 원숭이에서 울음과 죽음을 투시한다. 이러한 투시는 「울음이 지나간 자리」에서도 볼 수 있다. 그 시에서 시인은 트럭에 실려 어디론가 끌려가는 돼지와 오리가 "비행 기능을/상실한 날개와 자족할 능력이 전무한/몸이 족쇄가 되어 산다는 일을" "죽음과 다를 바 없"는 삶을 본다. 그리고 이 존재들의 "바이칼 호수나 몽골의 초원 지대"에 대한 갈망을, "그들의 혈액에" "미처/

내뱉지 못한 울음과 비명들이" 용해되어 있음을 투시한다. 시인은 그 존재들의 울음과 비명의 "증거처럼/남겨진 누린내"를 "애써 피하지 않"는다. 그런데 위의 시에서는 원숭이에 대한 울음과 죽음의 투시에서 더 나아가 그 원숭이와 시선을 교환하면서 교감을 시도하고 있다는 특징이 있다. 그러한 교감의 시도는, 현대를 살아가는 시인 자신도 원숭이의 처지와 다를 것이 없을 것이라고 생각하기 때문이다. 시인에 따르면 현대인인 우리 역시 철창에 갇혀 있다. 다만 우리는 교묘하게 "억압이 평화로 구속이 자유로/포장되는 일을 함구하고" 있을 뿐이다.

그래서 원숭이와 '내'가 "뼈를 한 마디씩 떼어/서로의 목숨에 붙"이는 행위는 뼈의 철창에 갇혀 자유와 생명력을 빼앗긴 존재들끼리 생명력을 나누어 주는 연대 행위다. '나'의 목숨에 원숭이의 뼈를 붙이자 원숭이의 기억이 노래가 되어 들려온다. 그것은 "먼 열대의 기억으로부터 생성됐을" 노래이다. 창살에 갇힌 원숭이는 그 자유의 기억을 잊어버리지 않았다. 그 기억은 역시 보이지 않는 창살에 갇혀서 살고 있는 시인의 기억과 공명한다. 그 기억은 "핏빛으로 물든/옛 도시의 절규"이다. 그 도시란 1980년 광주를 가리키는 것일까? 확실하지는 않다. 물론 그 기억이 80년 광주에 대한 기억이라면 오성인 시인이 체험한 기억은 아니지만, 그 기억은 시인에게도 기입된 일종의 사회적 기억이라고 할 수 있다. 1980년 광주는 비록 며칠 동안의

짧은 기간이지만 시민들의 피와 절규로 자유를 쟁취한 도시다. "옛 도시의 절규"란 80년 광주와 같이 자유를 갈망하는 피맺힌 외침일 것이다. 이 절규와 공명하는 원숭이의 기억과 그 노래는, 역시 자유에의 피맺힌 갈망을 품고 있다고 말할 수 있다. 이는 뼈를 원숭이의 목숨에 붙여 교감하고 있는 시인 역시 그러한 갈망을 갖고 있다는 것을 암시한다.

이렇게 위의 시에서도 시인은 관찰 대상으로부터 삶의 비극성을 투시하고 있는 것, 그런데 이때의 비극성에는 역사사회적인 의미가 짙게 깔려 있다. 자유를 억압해 온 핏빛 역사와 창살 안에 삶을 가두는 현 사회의 비극성. 저 닫힌 공간에 갇힌 존재들의 눈물과 비명, 죽음에 대한 시인의 관심은, 시인 자신이 닫힌 공간에 존재하고 있다는 자의식을 갖고 있기 때문이다. 가령 그는 자신의 방에 대해서 "시체가 즐비"하며 "복어의 내장처럼 검붉다"(「독(毒)」)고 말하고 있다. 그곳은 "죽은 시간들이 성난 물보라처럼 밀려와 발목을"(같은 시) 자르는 장소다. 그곳에서 시인은 철창 안의 원숭이나 트럭 안의 오리, 돼지처럼 죽음의 시간을 살았던 것이다. 「파란 눈동자」에서는, 시인은 자신의 방을 "서로 단절"된 "아버지와 나" 사이의 틈을 타서 밤이 "어둠을 산란"한 '심해'로 표현한다. "나 외엔 아무도 들어올 수 없는 공간"이었던 그곳에서 시인은 "야광 해파리처럼 유영하는 파란 눈동자"를 보고 "그에게 의지"했다고 한다. 이 시에서 시인은 파란 눈동자에 의지해서 자살과 같은 자기 유폐를 살아왔으며, 그 유폐의 방 안에서 광기에 빠져들었던 경험을 고백한다. 그런데 그 유폐에는 인간과 인간, 가족 사이에서도 소외와 단절이 이루어지는 현대 사회의 비극성이 작동하고 있는 것이다.

3.

오성인 시인은 현대 세계의 비극성을 자기 몸으로 앓았다. 독과 같은 독방의 심해에서 홀로 우울한 삶을 살았었다는 시인의 경험은 이 시집의 3부에 실린 서정성 짙은 몇 편의 연시들을 낳는다. 홀로 있음은 타인에 대한 갈망을 낳으며 나아가 사랑의 욕망을 깨닫게 되기 때문이리라. 하여 시인은 다음과 같이 '뒤늦은' 고백을 하고 있는 것이다.

> 문득, 너의 체취 난다 공기와 공기가 입 맞추는 정원 어긋나기만 했던 남겨진 호흡의 흔적을 따라 걷다가 마침내 길의 끝 그림자가 투명해지면 엇갈린 시간들 팔레트의 혼합된 물감처럼 조우할까 오색의 구름으로 피어오를까 황량한 정원에 비 내릴까 끝내 마음 전하지 못하고 돌아오는 길이 몹시 아팠다 화석이 된 눈물들이 저희들끼리 몸을 부딪치며 부서졌다 절망은 흰개미 떼, 온몸에 달라붙어 떨어질 줄

몰랐다 달라붙을 절망마저도 없을 때 네가 사라진 사실을 알았다 어떤 계절은 한없이 죄스러워서 나는 묵은 고백들을 꺼내 다독인다 제때 불러 주지 못한 너의 이름이 발굴되어지기만을 기다린다 풀들이 내지르는 초록의 비명에서 너의 체취 묻어난다 여전히 메마른 정원 사랑한다 너의 모든 흔적을

―「늦은 고백」 전문

독방의 심해에서 푸른 우울을 살아왔던 시인에게 사랑은 "어긋나기만 했던" 경험을 주었던 듯하다. 그에게 사랑은 "돌이킬 수 없음을/깨달을 즈음에 오는"(「춘설」) 것이었다. 그 "엇갈린 시간들"은 그에게 너와 "혼합된 물감처럼 조우"하기를 갈망하게 했지만, "절망은 흰개미 떼"처럼 "온몸에 달라붙어 떨어질 줄 몰랐다"고 한다. 그리고 시인은 그 "절망마저도 없"게 되었을 때, 정말 "네가 사라진 사실을 알"게 되었다. 결국 사랑의 고백을 전하지 못하고 조우는 이루어지지 않았다. 시인이 할 수 있는 일이란 "너의 모든 흔적을" "사랑한다"는 "묵은 고백들을 꺼내 다독"이면서 시를 쓰는 것이다. 시를 쓰면서 "너의 이름이 발굴되어지기만을 기다"리는 일이다.

이러한 시인의 실연의 경험은, 시인 자신이 세상으로부터 괴리되어 고립된 존재라는 의식을, 나아가 자신의 주체성이 찢겨 나갔다는 비극적인 의식을 낳는다. 그것은 "멀

어지는 이들로부터 나는 한참/멀리에 있었"으며 "세상의 모든/애인들을 호명하면 뼈가 욱신거렸다"(「퍼즐」)고 표현된다. 그 경험은 "나는 기형의 조각, 어디에도/들어맞지 못하고 표류했다"(같은 시)는 자의식을 낳는다. "회색의 도시로 걸음을" 걷는 이 표류에서, 시인은 "머리와 팔과 다리를 쉽게 잃어버"리고 "몸만 남아 이리저리"(「포켓몬Go」) 떠돌아다니게 되었다는 것이다. 시인의 비극적 소외 의식은, 자신이 파괴되고 분리되어 어디에도 들어맞지 못한 채 세상을 떠돌아다니는 "기형의 조각"에 불과하다는 자기 규정을 가져온다. 하여, 시인은 다음과 같은 상태에 있게 된다.

행방이 묘연한 머리와 팔과 다리를 찾기 위해
세상 모든 속성의 국경을 넘나들어야만 해요
그때마다 나는 흙이었다가 바람이었다가 혹은
도무지 감내하기 벅찬 적막이었다가

모습이 바뀔 때마다 하나씩 무거워지는
공, 점점 커지는 孔

나의 恐

—「포켓몬Go」 후반부

없어진 "머리와 팔과 다리를 찾기 위"한 표류는 자신의

'정체성'을 되찾으려는 여정이라고 할 수 있다. 그 표류는 정체성을 상실한 채 머리와 사지 없는 몸통으로만 이루어지기 때문에, "속성의 국경을 넘나들"게 되었다고 한다. 즉 시인은 다른 속성을 가진 존재로 계속 변모하면서 표류를 행하게 되었다는 것, 그리하여 그는 흙이 되기도 하고 바람이 되기도 했으며 적막이 되기도 했다. 이러한 다른 존재로의 변모는, 제거된 정체성이 만드는 구멍을 더욱 무겁고 커지게 만든다. 그래서 그의 표류는 '나의 공포'가 되는 것이다. 하지만 그는 이 공포를 감내하기에 시를 써 나갈 수 있다. 다른 속성을 가진 존재가 되어 세상을 넘나드는 과정이 바로 그에게는 시 쓰기일 테니 말이다. 이렇게 본다면, 세상으로부터 유폐되어 죽음을 살아갔던 경험, 그리고 실연과 소외의 경험이 그에게 시 쓰기를 열었다고 할 수 있다. 어떤 전환이 여기에서 이루어진다. 점점 무거워지는 존재의 구멍을 안고, 주체성의 회복을 찾아 세상을 살아 나갈 때 시인은 자신의 구멍과 공명하는 세상의 구멍을 인식할 수 있게 되는 것이다. 그 세상의 구멍이란 세상에 내재해 있는 죽음과 슬픔, 그 비극성이다. 아래의 시에 따르면, 이 비극성에 대한 인식은 세상의 구멍에 이르기까지 몸을 낮추고 세상 속으로 가라앉아 갈 때 얻을 수 있다. 하여 시인은 다음과 같은 '시-의지'를 가지게 된다.

> 할당된 몫을 비우고도 밥그릇

핥는 데 여념이 없는 개, 바닥 깊숙이
스민 밥맛 하나라도 놓칠세라
잔뜩 낮춘 몸

지금 그의 중심은 바닥이다

온몸의 감각을 한군데로 끌어모으는
나차웁고 견고한
힘

모든 존재들은 낮은 데서 발원한다

생이 맨 처음 눈뜨고
마지막 숨들이 눕는
계절이 첫발을 내디뎠다가
서서히 발을 거두어들이는

최초이며 최후인 최선이거나 최악인

더는 낮아질 일도 붕괴될 일도 없는
낮은 벽, 혹은
천장

낮춘다는 것은 삶과 죽음의 무게를
동시에 겪어 내는 일, 혼신을 다해
희로애락애오욕을 지탱해 내는 일

그러므로, 나는
낮을 것이다
개의 혀가 밥그릇 너머의 피땀까지
닦아 내듯, 이생과 그 너머의 생까지
두루 읽어 낼 일이다

기꺼이,
바닥을 무릎쓸 일이다

—「바닥에 대하여」 전문

위의 시에서 표명된 시인의 '시-의지'는, 세상의 구멍으로 통하게 될 세상의 밑바닥 깊숙이까지, 밥그릇에 남은 밥맛 하나라도 핥는 개처럼 파고드는 일이다. 그것은 "온몸의 감각을 한군데로 끌어모"아 "나차웁고 견고한/힘"을 응축할 때 가능하다. 밥그릇을 핥고 있는 개의 그릇 바닥을 향한 응집된 감각과 그 집중력을 생각해 보라. 시인에 따르면 그 맨 밑바닥은 "더는 낮아질 일도 붕괴될 일도 없는/낮은 벽, 혹은/천장"으로, 존재의 중심이자 발원이다. 구멍 위에 뜬 천장이자 가장 낮은 벽이기도 한 밑바닥. 그

바닥으로부터 존재가 시작되기 때문에 그것은 붕괴될 일이 없다. 시인은 자신의 구멍과 공명하고 있는 세상의 구멍을 인식하기 위해 세상의 밑바닥으로 몸을 낮춰 파고들리라고, 그리하여 "이생과 그 너머의 생까지/두루 읽어" 내리라고 자신의 '시-의지'를 다진다. 시인에 따르면, 밑바닥으로 몸을 낮추기 위해서는 "삶과 죽음의 무게를/동시에 겪어 내"야 한다. 세상에 내재한 죽음의 구멍과 그로부터 흘러나오는 슬픔을, 또는 '희로애락애오욕'의 칠정을 "혼신을 다해" "지탱해 내"야 한다.

이러한 '시-의지'를 다지는 위의 시가 3부의 마지막 시라는 것에 주목하자. 4부에서는 위의 시를 받아서 우리가 사는 이 세상에 내재해 있는 죽음들, 그 밑바닥의 비극성을 포착하여 드러내는 시편들이 실려 있다. 그런데 시인이 의미화하고 있는 이 비극적 죽음들은 존재의 형이상학적 비극이 아니라 사회적 타살로 인한 비극을 보여 준다. 앞에서도 보았듯이 오성인 시인이 포착하는 죽음들은 구체적인 것이다. 이 죽음들이 만든 구멍 바로 위에 세상의 가장 슬픈 바닥이 형성된다. 배고픈 동생을 위해 라면을 끓이다가 불이 나서 장애 남매가 모두 숨진 '파주 장애 남매 화재 사건', 시리아 내전을 피하기 위해 지중해를 건너오다가 배가 난파되어 터키 해변에서 주검으로 발견된 어린 시리아 난민 '아일란 쿠르디', 용광로에서 '쥐꼬리만 한 월급'을 받고 아르바이트를 하다가 용광로에 빠져 생을 다한 청년,

광주 민주화 운동 유족인 김소형 씨, 사형을 앞두고 있는 뤼순 감옥의 안중근, 나아가 차에 치여 죽은 어미 고양이와 맛을 위해 잔인하게 죽임을 당하는 거위(푸아그라)까지, 시인이 시적 조명을 드리우고 있는 이들은 죽거나 죽을 예정이거나 친족이 죽음을 당한 존재자들이다. 이 존재자들을 둘러싸고 있는 죽음들은 모두 사회적 역사적 원인을 가지고 있으며 그래서 슬픔과 설움, 분노를 불러일으킨다.

이 죽음들은 사회와 역사의 가장 깊은 곳에 존재한다. 이에 오성인 시인은 몸을 낮춰 세상 깊숙이 존재하고 있는 이들의 죽음들에 파고들고, 시 쓰기를 통해 이 죽음들을 세상 위로 끌어올리려고 한다. 그 '시-의지'는 세월호 참사 이후 "가만히 있으라는 말의/잔혹성을 깨"(「비로소 봄」)닫고, 우리의 눈, 입, 귀, 코가 죽음만을 볼 수 있게 되고 말할 수 있게 되고 들을 수 있게 되면서, 그리고 죽음의 냄새만을 맡게 되면서 더욱 강해졌을 것이다. 그런데 세상의 바닥에 깔려 버린 죽음들을 세상의 수면 위로 모범적으로 부상(浮上)시킨 이가 있다. '위르겐 힌츠페터'가 그 사람이다. 그는 알다시피 영화 〈택시운전사〉의 주인공인 독일인 기자로, 1980년 광주 민주화운동 당시 광주의 참혹한 상황을 직접 카메라로 찍어서 몰래 그 필름을 독일로 가져와 전 세계에 알렸다. 「위르겐 힌츠페터-푸른 눈의 목격자」는 바로 그 힌츠페터가 광주에서 목격한 바를 조명하고 있는 시로, 이 시집의 표제작이기도 하다. 이 시에서 화자인 힌츠페터는 다음과 같이 말한다.

> (전략) 이미 끊어진 숨들로 포화한 도시 구석구석을 다니며 나는 연신 올라오는 구역질을 참느라 혼이 났어요 도청 분수대는 턱 끝까지 차오른 핏물을 쉴 새 없이 토해 내고 며칠 굶주린 짐승의 어금니인 듯한 진압봉에 의해 으깨진 살점들이 바람에 휘날렸습니다 병원은 저승의 관문, 살아남은 자들이 주먹밥으로 목숨을 간신히 부지할 때 밤 열두 시보다 더 어두운 곳에서 웃음을 흘리기 바쁘던 당신들은 진정 안녕을 바랍니까 어디로도 누구에게로도 통할 데 없었던 도시, 그저 절규하는 카메라를 다독이는 일이 내가 할 수 있는 최선이었어요 제 목숨 이어 가기 급급한 자들보다 의연하고 예리하게 세상을 관통하던 망자의 눈동자를 잊을 수 없어요 (후략)

오성인 시인이 이 힌츠페터의 목소리를 담은 시를 표제작으로 삼은 것은, 바로 죽음을 무릅쓰고 광주의 진실을 알리고자 한 힌츠페터의 정신을 기리기 위해서일 것이다. 그는 힌츠페터의 목숨을 건 광주에서의 활동과 그 증언을 보면서, 자신 역시 세상의 바닥에 깊숙이 내려가 그곳에 스며들어 있는 죽음들에 대해 증언하고, 그 망자의 눈빛들을 시로 되살려 세상에 알리겠다고 다짐했을 것이다. 그러기 위해서는 기자인 힌츠페터처럼 바람처럼 세상을 돌아다니며 세상에 내장된 죽음과 슬픔을 마주하고 드러내야 한다.

그래서 그는 "한자리에 연연하며 머리 위의 하늘이/진실의 전부라고 여기는 모자 안의 맹목적인/나무들보다 어디에도 종속되지 않는 뜨내기/바람을 신뢰"(「어떤 모자에 관한」)한다고 말한다. 앞에서 우리가 본 바에 따르면, 시인은 비극적 소외의식으로 세상을 떠다니게 되었다. 그러나 이제 여기서는 그 비극적 소외의식이 능동적인 표류에의 의지로 반전되고 있다. 머리 위의 하늘—관념적 진실—에 종속되지 않으며 한자리에 있는 것을 연연하지 않고 세상의 바닥으로 내려가 뜨내기 바람처럼 떠돌아다니고자 하는 의지 말이다. 하여 그는 "일방적으로 씌워지는/모자들을 거부"(같은 시)한다. 머리에 씌워지는 그 모자들은 생각을 한정하고 규정하는 것이다. 그래서 그는 그를 떠돌게 만든 소외의식, 그 절망을 내려놓지 않으리라고 말한다. "함부로 절망을 내려놓을/자격이 나는 없"(같은 시)다는 것이다. 그는 바람처럼 떠돌아다니면서 세상의 죽음을 포착하고 증언하여야 하는 사람이기에, 표류를 위해서 계속 절망할 수 있어야 한다. 절망을 내려놓을 때, "한자리에 연연"하여 종속될 수 있기 때문이다.

4.

절망을 동력으로 하여 바람처럼 떠돌고자 하는 오성인 시인은 "빙하풍을 종교로 가"지고 "겨울을 신으로 삼은 마을로"(「펭귄마을」) 갔다고 한다. 그 마을 주변을 "뼈가 부러진/바람이 신음"하고, 그 마을 안에는 "겨울의 속도로 걷"는 '펭귄 무리'가 산다. 시인은 그 마을의 '펭귄 무리'로부터 "날개 없이도 바람을 부르는 법"(같은 시)을 배웠다고 한다. 날개가 꺾였음에도 바람을 타고 떠돌아다닐 수 있는 법을 펭귄으로부터 배웠다는 것, 그 법은 바람과 함께 바람처럼 살아나갈 수 있는 능력이다. 그 능력을 갖게 된다면 시인은 바람처럼 세상의 비극을 자신의 몸으로 받아들일 것이며, 그 비극을 더욱 다져서 몽돌 같이 단단한 비극의 시를 써 낼 것이다. 그런데 이를 위해서는 또 다른 능력이 요구된다. 그것은 바람과 함께하면서도 바람에 날리지 않는 단단한 비극의 몽돌을 만들 수 있는 능력이다.

오성인 시인은 시집의 종착역에 다다라 마지막에 실린 시에 이르기까지의 '고단'하고 '쓸쓸한' 여정을 되돌아보면서, 바람과 파도 속에 스며들어 있는 비극을 다져 단단한 몽돌처럼 자신을 "당신 앞에" 세우리라고 다짐한다. 이 다짐이 아마 오성인 시인이 앞으로의 시작을 통해 달성해야 할 과제가 되리라. 시집의 마침표를 찍는 시 「파도소주방」의 마지막 부분을 다시 읽으며, 이 글을 마치기로 한다.

온몸으로 파도를 견딘 몽돌만이
그 안에 섬과 바다를 키운다

당신 앞에 나를 세울 것이다

시인수첩 시인선 017
푸른 눈의 목격자

초판 1쇄 인쇄 2018년 10월 10일
초판 1쇄 발행 2018년 10월 25일

지은이 | 오성인
발행인 | 강봉자 · 김은경

펴낸곳 | (주)문학수첩
주　소 | 경기도 파주시 회동길 192(문발동 513-10) 출판문화단지
전　화 | 031-955-4445(대표번호), 4500(편집부)
팩　스 | 031-955-4455
등　록 | 1991년 11월 27일 제16-482호

홈페이지 | www.moonhak.co.kr
블로그 | blog.naver.com/moonhak91
이메일 | moonhak@moonhak.co.kr

ISBN 978-89-8392-718-7 03810

「이 도서의 국립중앙도서관 출판예정도서목록(CIP)은 서지정보유통지원시스템 홈페이지(http://seoji.nl.go.kr)와 국가자료공동목록시스템(http://www.nl.go.kr/kolisnet)에서 이용하실 수 있습니다.(CIP제어번호: CIP2018030513)」

이 책은 2018년 대산문화재단 대산창작기금을 받아 출판되었습니다.